BALI

Ook verschenen van Kiki van Dijk
bij Xander Uitgevers

Zeevlam (2014)
Ibiza (2016)
Ibiza – De erfenis (2017)
Lech (2017)

KIKI VAN DIJK

Bali

XANDER

Uitgegeven door Xander Uitgevers BV
Hamerstraat 3, 1021 JT Amsterdam

www.xanderuitgevers.nl

Belettering: Studio Marlies Visser
Omslagbeeld: Irene Lamprakou / Trevillion Images & iStockphoto
Zetwerk: Michiel Niesen, ZetProducties

Eerste druk 2018

ISBN 978 94 0160 880 0 | NUR 332

Deze uitgave kwam tot stand door bemiddeling van
Sebes & Bisseling Literair Agentschap te Amsterdam.

Alle herinneringen komen terug,
vooral degene die je wilt vergeten.

Voor Frederiek Westra van Holthe

1

'Ik moet nu naar binnen.'

'Dat gaat niet, Joris,' zei Maria en ze tikte zonder op te kijken verder. 'De aandeelhoudersvergadering duurt nog zeker een half uur. Pak een kop koffie.'

Joris kreeg de neiging op de balie te slaan, maar hij stak zijn gebalde vuisten in zijn zakken. 'Het kan niet wachten. Ik moet Cita onmiddellijk spreken.'

Nu pas keek Maria op. Ze schoof haar leesbril op haar hoofd en bestudeerde zijn gezicht. 'Waarom maak je je zo druk?'

Joris voelde zijn wangen warm worden. 'Je kunt mij niet tegenhouden.'

Hij hoorde nog dat ze zijn naam riep, maar met een stevige pas die net niet overging in rennen, liep hij al de lange gang in.

De helwitte muren kwamen op hem af. Cita was vorig jaar heel resoluut over het interieur van haar nieuwe beautycentrum. Alles moest wit, zelfs de deurklinken, lampen en meubels. De steriele uitstraling zou haar klanten bij binnenkomst geruststellen. En de inrichting was inderdaad net zo fris, schoon en neutraal als in een echt ziekenhuis. Maar de cleane ruimtes gaven hem spontaan ademnood. Ze herinnerden hem aan zijn afkickkliniek, de plek waar hij juist niet meer aan wilde denken.

Vlak voor de vergaderkamer bleef hij staan en ademde diep in. Hij moest het slechte nieuws in een keer goed vertellen. Bondig en niet te dramatisch. Hij streek met twee handen zijn overhemd glad en keek naar zijn werkbroek vol verfspatten. Misschien had hij zich beter eerst kunnen verkleden. Hoewel iedereen wel zou begrijpen dat hij ongelooflijke haast had gehad.

Na een korte klop opende hij de deur. En alsof ze deel uitmaakten van een groep synchroonzwemmers draaiden de zes mannen aan tafel precies tegelijk hun hoofd om. Hun donkere pakken deden hem denken aan de begrafenisondernemers die de kist van zijn moeder vorig jaar zo emotieloos de kerk in hadden gedragen. Met een blanco gelaatsuitdrukking staarden ze hem aan.

Hij slikte en keek naar Cita. Zijn vrouw stond naast het scherm waarop haar presentatie werd getoond. Precies bij de slide met een injectie van de *liquid facelift* in een vrouwenwang. Het was zijn idee geweest dit nieuwe product zo opzichtig aan haar aandeelhouders te tonen. Maar zo extreem uitvergroot had hij het niet bedoeld.

'Joris?' Haar stem klonk vragend maar hij zag dat ze

geïrriteerd was. Ze frunnikte aan haar blauwe jurk, die ze samen hadden uitgezocht. Hij kleurde perfect bij haar zwartglanzende haren en olijfkleurige huid. 'Wat kom je doen?'

Hij slikte opnieuw en haalde een hand door zijn krullen. 'Het gaat om Evi.'

'Evi? Wat is er nu weer met haar?'

De mannen begonnen nu ongemakkelijk met hun papieren heen en weer te schuiven. Joris hoopte dat Cita naar hem toe zou komen, zodat hij het allemaal rustig kon vertellen maar ze bleef bewegingsloos bij het katheder staan.

'Ik kreeg net een mail van ene Katy,' begon hij en hij deed een stap richting zijn vrouw. Hij had haar kunnen wenken om even op de gang verder te praten, maar haar geïrriteerde houding hield hem tegen. 'Ze had mij via mijn website gevonden. Die had Evi haar weleens laten zien.'

'Joris, moet dit nu?' Ze liep naar hem toe en bleef vlak voor hem staan. Haar donkere ogen keken naar hem op, ze snoof en fluisterde nauwelijks hoorbaar. 'Heb je gedronken?'

Joris voelde een steek in zijn borst. Al zeventien maanden vocht hij elke dag om nuchter te blijven en nog steeds wilde ze haar wantrouwen niet loslaten. Zijn kaken verstrakten en hij keek op haar neer. Ze was bijna dertig centimeter kleiner en hij was zich bewust van het intimiderende effect van zijn lengte, maar hij kon het niet laten. Hij brieste: 'Evi, je weet wel, je dochter, is VERMIST!'

Cita leek even te wankelen. Ze pakte de rand van een stoel en haalde diep adem. Daarna draaide ze zich rustig om naar de mannen die haar vragend aankeken. 'Mijn excuses. Ik ben zo terug.'

En zonder Joris aan te kijken liep ze naar de deur van haar kantoor.

2

'En die Katy heeft al achtenveertig uur niets meer van Evi gehoord?' vroeg Cita zonder Joris aan te kijken. Hij had direct sorry gezegd voor zijn botte mededeling maar het effect ervan was niet verminderd.

Ze stond met haar rug naar haar man en staarde over de weilanden naar de Vliet. 'Er was ook geen signaal van haar mobiel?'

'Al twee dagen niet, nee,' antwoordde Joris. Zijn stem klonk nu kalmer en door het gekraak van het leer hoorde ze dat hij verder onderuitzakte in de bank. Ze bewonderde zijn geheelonthouding, maar nuchter was hij emotioneler. De drank had hem al die jaren afgevlakt. Nu ontplofte hij regelmatig. Ze moest nog wennen aan de wisselende stemmingen.

'En wat zei de politie?' Ze zag een donkere regenbui boven Leiden hangen. Het was begin april, maar de lente had nog geen ruimte gekregen. 'Zijn ze begonnen met zoeken?'

'Volgens Katy namen ze haar melding niet serieus.

De agent had gezegd dat als hij elk meisje dat tijdens haar spirituele zoektocht even uit beeld raakte moest gaan zoeken, hij niet meer aan het echte politiewerk toekwam.'

Nu pas draaide Cita zich naar haar man om. Hij hing ontspannen op de bank, maar zijn sneakers tikten zenuwachtig tegen de tafelpoot.

'Misschien heeft hij wel gelijk. Misschien is ze gewoon even ondergedoken,' zei ze, nu zelf ook rustiger. 'Net als vorige zomer.'

Joris stond op maar reageerde niet. Zonder haar aan te kijken begon hij door de kamer te ijsberen. Langzaam liet hij zijn hand over kasten, tafels en stoelranden glijden. Waarschijnlijk in een poging om zichzelf te beheersen. Ze wist dat haar twijfel hem had geraakt, maar dat hij niet weer boos wilde worden. Na al die jaren communiceerden ze soms beter zonder woorden. Lichaamstaal was vaak zuiverder dan het gesproken woord.

Uiteindelijk bleef hij voor zijn eigen schilderij stilstaan en bestudeerde de olieverf van dichtbij, zijn lange lichaam precies in een hoek van negentig graden gebogen. 'Ik moet die scheurtjes snel eens bijwerken. Zo ziet het er niet uit.'

Elke dag zag ze het schilderij en nog steeds kon ze intens genieten van de grove verfstreken, de dieprode kleuren en de grijze achtergrond die bij de randen vervaagde. Het was Joris' eerste schilderij van haar. Voor de buitenwereld was ze abstract en onherkenbaar, maar zijzelf vond dat hij haar karakter perfect had verbeeld. 'Ik vind het doek nog steeds schitterend.'

Nu keek hij haar wel aan en een diepe rimpel spleet zijn voorhoofd in tweeën. 'Ik voel dat het daar in Ubud niet in orde is.'

'Dat voel je? Is het niet beter om eerst meer te weten te komen?'

'Ciet, het klopt toch simpelweg niet? Die Katy neemt niet zomaar contact met mij op.'

'Waarschijnlijk niet,' moest ze hem gelijk geven.

'Als Evi echt even van de radar had willen zijn, had ze het mij zeker geappt.'

'Appte ze jou wel?'

De vraag bleef tussen hen in hangen. Joris sloeg zijn ogen neer alsof ze hem had betrapt.

'Ze stuurde elke dag een kort berichtje,' zei hij uiteindelijk en liep naar haar toe. 'Twee regels. Niet meer. Over wat haar bezighield. Ik denk dat ze jou niet wilde storen. Je had het de laatste tijd zo druk.'

Hij lachte verontschuldigend maar haar maag kneep samen. Ze wist natuurlijk wel dat Joris een betere band had met hun dochter. Al vanaf haar pubertijd had Evi zich tegen haar afgezet. Cita had nog gehoopt dat het dwarse gedrag zou verminderen als haar dochter ging studeren. En toen Evi aan de bachelor Natuurbeheer in Wageningen begon, verdwenen de ruzies inderdaad, maar de intimiteit kwam niet meer terug. Haar woede over haar dochters studiekeuze had vast niet geholpen.

'We hebben het nog weleens over mijn volle agenda,' zei ze ontwijkend en ze pakte zijn hand. Zijn vingers voelden ruw door alle verf en terpentine die er met de jaren in waren getrokken. 'Zullen we eerst bedenken wat we nu gaan doen?'

Hij gaf haar een snelle kus, viste zijn mobiel uit zijn zak en liet haar de KLM-app zien. 'Ik heb al een vlucht voor je geboekt. Je vertrekt vanavond. Vijf voor negen. Even een korte stop in Singapore en dan ben je morgenavond om negen uur lokale tijd in Denpasar.'

Ze zei niets maar zag er waarschijnlijk stomverbaasd uit want Joris ging van de zenuwen steeds sneller praten. 'Ja, ik weet het, het is kort dag. En ja, je houdt normaal van een gedegen voorbereiding. Maar met vermissingen moet je snel zijn. De eerste dagen zijn de belangrijkste. Hoe eerder je er bent, hoe beter.'

Ze liet zich in haar bureaustoel zakken en draaide een rondje. 'Is dit echt nodig? Evi is morgenavond vast weer boven water. En dan zit ze heus niet op haar bemoeizuchtige moeder te wachten.'

Joris hield haar draaiende stoel tegen. 'Je gaat vreselijk veel spijt krijgen als je niet gaat. En laten we vooral duimen dat ze snel gevonden wordt, zodat jullie nog wat tijd samen hebben.'

Ze keek haar man nu recht aan. De schade van jarenlang te veel drank was beperkt gebleven. Hij zag er nog altijd goed uit; een volle bos krullen en stralende grijze ogen. En ondanks alle problemen had hun huwelijk tot nu toe standgehouden. Het wankelde dagelijks, maar allebei wilden ze niet opgeven. Samen volhouden bracht meer dan alleen doorgaan. 'Zullen we nog even wachten?'

'Waarop?' vroeg Joris en hij klapte haar laptop dicht. 'Ga gewoon.'

Ze kon wel vijf redenen bedenken om niet te gaan. De belangrijkste was dat ze vermoedde dat Evi niet vermist was. Haar dochter had vaker een onaangekondigd zenmoment ingelast. Bovendien waren de komende weken in de kliniek razend druk. Zo vlak voor de zomer wilden veel klanten hun uiterlijk nog wat oppoetsen. En ze zat sowieso niet te wachten op een trip naar Bali. Ze haatte de warmte en chaos in Azië. Tegelijkertijd had Joris gelijk. Ze kon de kans dat haar dochter wel echt verdwenen was, niet negeren. Ze zou het zichzelf altijd blijven verwijten als ze niet was gaan zoeken. En ze had eigenlijk ook zin om Evi te zien. Drie maanden zonder haar voelden toch langer dan ze vooraf had bedacht.

'Oké, ik ga,' zei ze en ze zuchtte diep. 'Maar ik vind het wel vreselijk ongezellig dat we niet samen kunnen gaan.'

'Ik ook. Alleen de reclassering zal dat nooit goed vinden. Dat weet je.'

'Maar de ondertoezichtstelling duurt nog maar vijftien weken.'

'Lieverd,' zei Joris en zijn stem werd lager. 'De vorige keer ging het ook mis in het buitenland. Dat staat overal geregistreerd. Ik kan het risico niet nemen.'

Ze knikte. 'Je hebt ook gelijk. Red je het wel alleen hier?'

'Ciet, ik ben al dertig jaar volwassen. Een paar dagen in mijn eentje moet lukken.'

Ze knikte opnieuw en drukte op de rode knop van haar telefoon. 'Maria? Kun je mijn agenda leegmaken? Voor een week. De vijftiende ben ik zeker weer terug. Patrick kan het zolang overnemen.'

3

Met moeite kreeg Joris in de wind zijn sigaret aan. Hij schuilde onder het afdak van Schiphol en hield door het raam zijn vrouw in de gaten. Ze stond binnen voor de incheckbalie en was zichtbaar druk in gesprek met de grondstewardess. Haar tengere lijf bewoog mee met haar gehaaste handgebaren.

Vierentwintig jaar geleden had hij haar voor het eerst zo op afstand bestudeerd. In de hal van het AMC had ze geconcentreerd naar zijn schilderij staan kijken. Ze liep coschappen in het ziekenhuis en hij was net klaar met de Rietveldacademie. Het was zijn eerste expositie. Tot op de dag van vandaag kon hij zich niet herinneren waar hij toen het lef vandaan had gehaald haar aan te spreken. Zij had niet eens verrast gereageerd op zijn poging tot contact en bleek gefascineerd te zijn door het thema van zijn expositie: '*Love without a home*'.

'Rondzwervende liefde zonder vast adres,' had ze gezegd en ze was naar het grote doek blijven staren. 'De pijnlijkste emotie van allemaal.'

Haar opmerking vatte zijn werk in de kern samen. Pas later had hij begrepen waarom de titel haar zo had aangegrepen.

Ze kregen vaak te horen dat ze een vreemd stel waren. Zijn uiterlijk kon niet Hollandser, maar zijn chaotische innerlijk had niets met Nederlandse nuchterheid te maken. Zij was precies andersom. Exotisch van buiten, efficiënt en rationeel vanbinnen. En zéér zakelijk. Waarschijnlijk had de stewardess achter de balie het nu niet makkelijk.

Net toen hij zijn peuk uitdrukte en naar binnen wilde lopen, ging zijn mobiel af. 'Hallo Leelah. Hoe is het daar?'

'Joris, goed dat ik je te pakken heb gekregen. Mijn zus heeft volgens mij haar mobiel vermoord. Ik probeer haar al de hele middag te bellen. Is ze al vertrokken? Was ze zenuwachtig? En hebben jullie nog iets van Evi gehoord? Er zal wel niets aan de hand zijn, maar...'

'Ho, ho, rustig,' onderbrak Joris de spraakwaterval van zijn schoonzus. 'Hoe laat is het überhaupt bij jullie? Een uur 's nachts? Waar haal je de energie vandaan?'

Leelahs schaterlach bulderde door de telefoon. 'Ja, sorry. Hier in Dhaka valt de verbinding zo vaak weg, dat ik gewend ben in een paar seconden zoveel mogelijk te zeggen. Ik was gewoon even benieuwd naar de situatie.'

'Het gaat prima, maar het vliegtuig heeft een uur vertraging. En je kent je zus...'

'Die staat natuurlijk al weer bij de balie verhaal te halen. Arme KLM-medewerkers.'

Nu moest Joris zelf ook lachen. Leelah beschikte over de vaardigheid mensen zo scherp te analyseren dat haar opmerkingen altijd een relativerend effect hadden.

'Het ziet ernaar uit dat Ciet dit keer niet doorslaat. De stewardess blijft vriendelijk naar haar lachen,' zei hij en hij zag dat zijn adem een wolkje vormde.

'Ik vind het wel dapper dat ze gaat. Vliegen en Azië – beide vindt ze natuurlijk een regelrechte ramp. Vanzelfsprekend doe je alles om je kind te vinden, hoewel ik toch twijfel of Evi echt kwijt is. Dat wijffie loopt niet in zeven sloten tegelijk. Ze lijkt een dromer, maar ze weet precies wat ze doet. Toen ze vorig jaar bij ons logeerde zag ik hoe zelfstandig ze was en...'

'Leelah lieverd, ik ga ophangen,' onderbrak Joris haar opnieuw. 'Zodra we iets weten, bellen we weer.'

'Graag. Het is dat de directrice van het weeshuis ziek is, anders was ik ook naar Bali gevlogen. Dat weet je toch wel? Maar ik kan nu echt niet weg. Vijftig kinderen. En dan nog die van ons. En met de fabriek. Frans kan het niet alleen aan.'

'Begrijp ik. Geen probleem.' Joris zette zijn kraag omhoog. De wind was nog steeds guur. 'Ik denk dat het juist wel goed is dat ze even alleen gaat.'

'Omdat ze zo hard heeft gewerkt de laatste tijd?'

'Precies.'

'Maar Joris, dat deed ze ook omdat jij...'

Nu hield Leelah zelf halverwege haar zin op. Ze besefte waarschijnlijk net op tijd dat het niet gepast was om op dit moment de gevolgen van zijn verslaving te bespreken.

Hij negeerde haar opmerking en liep door de draaideuren de vertrekhal in. 'Slaap lekker Leelah. Ik ga nu Ciet uitzwaaien.'

'Oké. Geef haar een dikke kus. Spreek je snel.'

Joris stopte zijn mobiel terug in zijn zak en zwaaide naar zijn vrouw. Ze stond al naast haar koffer, klaar om te gaan. Haar lange haar hing nonchalant over haar schouders en zelfs in haar reiskleren zag ze er perfect verzorgd uit. Ondanks dat ze bloednerveus moest zijn, straalde ze een Aziatische sereniteit uit. Zijn rots in de branding. Hij had geen idee hoe hij het de komende dagen zonder haar moest redden. Zij was de afgelopen jaren zijn enige steunpilaar geweest. En nu hij elke dag nuchter was, voelde hij een diep schuldgevoel voor de vanzelfsprekendheid waarmee hij al die tijd op haar had geleund. Ze had nooit geklaagd, maar hij had haar afschuw af en toe wel degelijk gevoeld. Vooral voor zijn totale controleverlies. Helemaal toen hij in de gevangenis zat. Maar hij was dankbaar dat ze het had volgehouden, al was hun verhouding nog lang niet in evenwicht. Nu kon hij laten zien dat hij ook in zijn eentje nuchter kon blijven. Misschien kwam haar vertrouwen dan langzaam weer terug.

'En? Heb je nog iets kunnen regelen?'

Ze hield een papiertje in de lucht. 'Een voucher. Voor entree in de businessclass lounge.'

'Goede deal,' zei hij en sloeg een arm om haar heen. Hij voelde haar gloeiende warmte door haar jasje heen. 'Gaat het wel?'

Ze keek naar hem op, met een blik waarin alles verscholen lag. Angst, irritatie, haast, wanhoop. Maar haar mimiek bleef beheerst en ze stopte langzaam haar papieren in de tas. 'Het gaat prima. Hoezo?'

Natuurlijk had hij haar beschermingsmechanisme ruw kunnen doorbreken en zeggen dat hij wist hoe bang ze was. Maar hij kende haar goed genoeg om te weten dat ze die controle nu hard nodig had om de reis überhaupt te kunnen maken.

'Fijn. Dat is vast een teken dat alles uiteindelijk goed gaat komen,' zei hij en kuste twee keer haar voorhoofd. 'Een van mij. En een van Leelah. Voor jou. En voor Evi.'

'Die zal ik morgen aan haar doorgeven,' zei ze en raakte kort zijn arm aan. 'Hou je taai.'

En zonder om te kijken liep ze door naar de securitycheck.

4

De aftiteling van *Notting Hill* liep over het scherm. Het was de vierde filmklassieker die ze de afgelopen uren had bekeken. Het was voor haar de enige manier de angst die constant onder haar huid kroop in bedwang te houden. Andere bange passagiers dronken zichzelf in coma of namen een slaappil, maar voor haar werkte dat niet. Ze moest juist wakker en alert blijven, opletten of alles in het vliegtuig wel correct verliep. Het gaf een gevoel van controle. Ongegrond natuurlijk, want als nu, net als toen, de motor zou uitvallen, was ook zij aan de goden overgeleverd.

Leelah had haar ooit een folder gegeven van Stichting VALK die gespecialiseerd was in het verhelpen van vliegangst. De therapie had haar zusje uitstekend geholpen, maar zij had er geen zin in gehad. Als eenmaal de deksel van die ellende werd afgehaald, kon ze niet inschatten wat er allemaal nog meer loskwam.

Ze verzamelde haar spullen en klapte het tafeltje dicht. Nog tien minuten en dan zou ze na jaren weer op Balinese bodem staan. De laatste keer was negenentwintig jaar geleden. Ze was net zestien en samen met haar ouders en zusje in Lovina, zat ze in het noorden van het eiland. Twee bamboehutjes naast elkaar aan het grijze vulkaanstrand. Veel kon ze zich niet meer van die trip herinneren, zoals het meeste van de tijd met haar ouders op de achtergrond was geraakt. Alsof de pijn alleen te verdragen was als ook al het goede vervaagde. Wel wist ze nog dat ze 's ochtends vroeg met een gammel houten bootje op zee dolfijnen hadden gezien. De jonge Indonesische schipper had haar overgehaald over de rand te springen en tussen de nieuwsgierige beesten te zwemmen. Het was magisch geweest.

Misschien had Evi dat ook al gedaan? De gedachte aan haar dochter veroorzaakte een drukkend gevoel op haar borst. Ze moest gapen om extra lucht te krijgen.

Waarschijnlijk zou ze haar over een paar uur weer kunnen vasthouden. Zou ze in die drie maanden veranderd zijn? Ze hadden elkaar al sinds kerst niet meer gezien. Hopelijk hield ze haar lange haren nu wat beter in model, want ze kon er soms zo onverzorgd uitzien. Altijd op gympen en in een versleten spijkerbroek. Terwijl ze zo'n natuurlijke schoonheid had. Ze had haar dochter vaak gezegd dat ze het zonde vond dat ze zich zo verwaarloosde.

'Jammer hè mam, dat je mij niet door je beautywasstraat kunt halen,' was haar standaardreactie. Soms had ze bijna het gevoel dat Evi haar uiterlijk vooral negeerde om haar te provoceren.

De ongeïnteresseerde purser pakte de microfoon en kondigde achteloos de laatste fase van de landing aan. Dit bleef voor haar het engste deel van de vlucht. Nog drie minuten en dan zouden de banden de grond weer raken. Ruim zestien uur in angst leven begon zijn tol te eisen. Een kloppende steek boven haar slapen kon ze nauwelijks meer negeren en haar keel voelde zo droog dat zelfs slikken pijn deed.

Plotseling sneed het gepiep van de remmende banden door haar heen, ze dook in elkaar en beschermde haar oren tegen het indringende geluid. Ze hield haar adem in en voelde hoe het toestel langzaam tot stilstand kwam. De laatste meters leken uren te duren. Ze zuchtte en pufte om de tijd te versnellen. Ineens voelde ze een warme hand op haar schouders.

'Het gaat niet goed met u?' klonk het in gebrekkig Engels. De kleine Chinese man die vanaf Singapore naast haar had geslapen, keek haar vanachter zijn getinte bril bezorgd aan.

'U trilt,' voegde hij aan zijn observatie toe.

'Geen probleem,' zei ze snel om de man gerust te stellen. 'Gewoon een beetje vliegangst.'

De man leek niet overtuigd en schoof zijn bril hoger op zijn neus. 'Misschien moet u even heel diep ademhalen.'

Waarom wist ze eigenlijk niet, maar gedwee volgde ze zijn advies op. Twee keer vulde ze haar buik met lucht en liet die daarna weer langzaam gaan. Inderdaad voelde ze de spanning uit haar schouders verdwijnen en het leek zelfs alsof de pijn in haar hoofd minder werd. Ze had de neiging deze oprecht bezorgde man uit te leggen waarom ze zo bang was geweest, maar de deuren van het toestel gingen al open. Mensen om hen heen pakten meteen met veel lawaai en onhandige bewegingen hun spullen uit de bovenkastjes. Uiteindelijk besloot ze hem alleen te bedanken, maar de man pakte haar hand vast en propte er een verfrommeld visitekaartje in.

'Deze meneer kan u helpen. Tegen de angst.'

'Dat is aardig van u,' zei ze en nam het kaartje met twee handen aan. En zoals het in Azië hoort, bestudeerde ze het eerst aandachtig en stopte het daarna vlug in haar tas. 'Veel dank.'

Cita lachte hem vriendelijk toe maar bedacht meteen dat ze de man niet ging bellen. En samen met de wereldmix die in het vliegtuig had gezeten, schuifelde ze naar buiten. Ze herkende Bahasa, Hindi, Maleis, Kantonees en Engels in verschillende accenten. Vroeger had het op straat in Dhaka precies zo geklonken. En onverwacht bracht het geroezemoes van deze verwarrende mengeling aan talen haar verder tot rust. Vanachter haar slapen verdween de druk op haar ogen en haar spieren voelden lichter.

Ze sloeg haar tas over haar schouder en liep met de stroom mee het gebouw in.

De kou overviel haar. Ze had zich voorbereid op verpletterende hitte, geuren die je neus in kropen en een onoverzichtelijke massa van druk bewegende reizigers. Maar de airco draaide overuren en de gigantische hal met hoge pilaren was zo goed als leeg. Dit was niet het vliegveld dat ze kende. Deze versie oogde modern en efficiënt.

Wat onwennig liep ze via de douane naar de bagageband, waarop verrassend genoeg ook al haar koffer ronddraaide. De Aziatische chaos, die Joris charmant noemde maar zij vooral storend vond, leek hier ver te zoeken. Zelfs het winkeltje waar ze een lokale simkaart kon kopen was gewoon open. Ze was nu weer op 4G aangesloten en appte meteen haar Balinese nummer naar haar tien favoriete contacten.

De deuren naar de aankomsthal schoven open en ze zag een dikke rij mensen met bordjes staan. Tussen de namen van reisbureaus, hotels en taxibedrijven zocht ze de aankondiging van The Chedi in Ubud. Maria had voor haar nog snel een westers vijfsterrenhotel geboekt. Geen goedkoop middenklasse hotel meer; ze had geen zin in viezige kamers, kakkerlakken en buikloop. Cita liet haar blik over de rij bordjes glijden, maar ze kon de naam van het hotel er niet meteen uitpikken.

Wel zag ze opeens de lange zwarte haren van Evi.

Haar dochter stond simpelweg op een paar meter afstand. Hoe bizar was dat? Evi hing voorovergebogen over een tas, maar ze herkende het vertrouwde slanke lichaam onmiddellijk. Cita wist even niet wat ze moest doen en bleef verstijfd naast haar koffers staan.

Toen riep ze haar naam, vergat haar bagage en rende naar haar toe. Maar vlak voordat ze haar wilde omhelzen, draaide de vrouw zich om. Van schrik hield Cita zo snel in dat ze struikelde en een prullenbak moest grijpen om rechtop te blijven staan. Haar hart sloeg over. Dit was Evi niet. Deze jonge vrouw met bril en korte pony leek van voren zelfs totaal niet op haar dochter. De vrouw keek haar verbaasd aan en wilde nog iets vragen, maar Cita draaide zich meteen om en liep vlug terug naar haar koffers.

'Wat gênant,' prevelde ze tegen zichzelf.

Het kwam vast door de vermoeiende vlucht. Ze moest zich door haar emoties niet gek laten maken. Met Evi was niets aan de hand, daar moest ze zich aan vast blijven houden. Ze zou haar morgen waarschijnlijk na wat navraag te hebben gedaan binnen het uur in een afgelegen yogaschool terugvinden. En dan zal Evi ongetwijfeld volkomen ontspannen en totaal verbaasd reageren over de drukte die was ontstaan rond haar vermeende vermissing.

Door zichzelf in gedachten zo toe te spreken en in een stevige pas door de aankomsthal te lopen, kwam het ritme van haar hart weer langzaam tot rust. En bij het zien van het cafeetje bij de uitgang ontsnapte er zelfs een lach: het bleek een identiek filiaal van La Place! De wereld was inderdaad een groot dorp geworden. De broodjes zagen er precies hetzelfde uit als op het station in Leiden. En hoewel ze geen groot fan van Aziatisch eten was, voelde deze internationale eentonigheid toch als een gemis.

Pas toen ze vanonder het futuristische afdak van de terminal de donkere nacht in stapte, belandde ze onmiskenbaar in Azië. De zwoele, stinkende warmte sloeg direct in haar gezicht. En de hysterisch toeterende busjes, de driedubbel geparkeerde taxi's en de om ritjes roepende chauffeurs voelden verrassend vertrouwd. Tussen de chaos door zag ze opeens haar naam staan. Een kleine Balinees in een groen gebatikt uniform stond doodstil te wachten en hield voor zijn buik een houtenbord met CITA in krijt geschreven.

'Welcome to Bali, *ibu* Cita,' zei hij toen ze op hem afstapte. Hij vouwde zijn handen tot een kleine piramide en maakte een lichte buiging. '*My name is Hendrad. Your butler for the week.*'

5

Joris liep voorzichtig over de glibberige houten tree-plank naar zijn woonboot. Zijn rood-wit gevlekte spaniël Lewis huppelde twee stappen voor hem uit. Vol verwachting keek de hond op toen Joris het hangslot met enige moeite open kreeg.

'Ja, we zijn hier al zo lang niet meer geweest. Ga maar kijken,' spoorde hij Lewis aan en hij stapte vervolgens ook zelf zijn atelier binnen. Het was zeker vijf maanden geleden dat hij hier voor het laatst was geweest. De open ruimte, met grote ramen op het noorden en uitkijkend over de Kagerplassen, was te koud in de winter. Maar vandaag had de lentezon voor het eerst echt kracht en was de ark al wat opgewarmd.

Hij zette de deuren open, draaide de radio aan en begon het atelier schoon te vegen. Het opdwarrelende stof prikte in zijn ogen en met moeite kreeg hij de vastgekleefde vogelpoep van het dek. Maar het gerommel was een welkome afleiding. Alles om maar niet aan een verdwaalde Evi of eenzame Cita te hoeven denken.

Met Louis Armstrong meezingend rangschikte hij de verfpotten en de kwasten, en schrobde hij de verfpaletten schoon. Daarna zette hij koffie en haalde hij een groot doek uit zijn oude Volvo. Precies in het midden zette hij het canvas en deed drie stappen naar achter. Lewis kwam naast hem zitten en samen keken ze naar de grote witte leegte voor hem.

'Het schilderij moet af zijn voordat ze terugkomt,' zei hij tegen zijn hond, die opkeek alsof hij hem begreep. Uit zijn tas haalde hij een foto van Evi in A3-formaat en prikte die in de houten wand naast het doek. Hij had hem vorige zomer genomen, toen ze net terug was van haar bezoek aan Leelah in Bangladesh.

Ze leek ontspannen. Met stralende ogen die een nieuwe ervaring in zich droegen, zat ze op de rand van het dek. Met haar blote voeten speelde ze in het water, terwijl de ochtendzon net door haar haar scheen. Het beeld was te perfect geweest als ze niet gewoon haar vieze overall aanhad. Een oud grijsblauw geval dat ze altijd meteen aantrok als ze op de boot kwam, vol modder en verfvlekken. Het was die onbevangenheid die hij wilde proberen te vangen. IJsblauw moest de ondertoon worden.

Drie kleuren blauw met wit mengde hij op zijn palet en hij merkte dat zijn rechterhand trilde. Een lichte tremor die er niet de hele tijd was, maar waarschijnlijk wel door de drank was ontstaan. Toen hij gisteravond Cita had afgezet, moest hij recht vooruitkijkend teruglopen naar de parkeergarage. Hij wist dat als hij in de bars of winkels een fles wodka had zien staan, hij was gezwicht. Je angsten kunnen wegspoelen, was het grootste voordeel van de alcohol geweest. Nu voelde het soms alsof hij naakt in de sneeuw rondliep. Onbeschermd tegen gevaarlijke invloeden van buitenaf.

Afgelopen nacht had oneindig geduurd. En tijdens die lange uren had hij zich voorgenomen een doek van Evi te maken. Als afleiding en als eerbetoon aan zijn dochter. Op een vreemde manier misschien ook als een soort lokmiddel. Alsof het creëren van het schilderij de kans op haar terugkeer kon vergroten.

Met zijn linkerhand hield hij zijn andere pols vast en probeerde tevergeefs de trilling te kalmeren. Lewis vlijde zich aan zijn voeten, alsof hij besefte dat hij zijn warmte kon gebruiken. En precies op het moment dat de late middagzon recht het atelier in scheen, voelde hij tranen opwellen. Voor het eerst in jaren. Zelfs toen hij laveloos op zijn fiets het Rapenburg was in gereden en een nacht in de cel moest doorbrengen had hij niet gehuild. Het was wel de aanleiding geweest om te stoppen met de drank. Nadat Cita had geweigerd hem op te halen en Evi weer hevig teleurgesteld in de hal op hem stond te wachten, was bij hem eindelijk de knop omgegaan.

Gewapend met zijn schildersmes, een stoffen doek en penseel begon hij nu systematisch vanaf de linkerbovenhoek de achtergrond op te zetten. Vlak voor vlak, nauwkeurig opbouwend in verschillende kleurgradaties. Pas toen zijn mobiel in zijn achterzak trilde, merkte hij dat er zeker twee uur waren verstreken. De zon stond lager en hij begon honger te krijgen. Snel veegde hij zijn handen aan zijn broek af en hengelde zijn telefoon omhoog.

'Dag schat, veilig aangekomen?'

'Ik ben kapot. Maar de kamer is heerlijk.'

Cita begon te vertellen over de vlucht, de ongekende drukte op de weg van het vliegveld naar Ubud, het attente personeel, haar butler Hendrad die haar koffer had uitgepakt en de zoetgeurende jasmijnthee die voor haar klaarstond toen ze de lobby binnenstapte. Veel details, maar ze benoemde geen enkele emotie. Ze zei niets over haar vliegangst, de gemengde gevoelens voor Bali of haar zorgen over Evi.

Joris besloot het zo te laten. Hij moest nu andere dingen met haar bespreken.

'En Katy? Heb je haar al gesproken?'

'Er lag een briefje bij de receptie, dat ze hier morgen om negen uur zou zijn. Na het ontbijt dus.'

Hij aaide Lewis over zijn kop. 'Ik ben heel benieuwd wat ze allemaal te vertellen heeft.'

Cita humde als reactie en aan de achtergrondgeluiden te horen moest ze ergens buiten zitten. De krekels, padden, vogels en gekko's deden hun best zelfs duizenden kilometers verder ook nog gehoord te worden.

'Ik dacht dat ik haar op het vliegveld zag.'

'Wie? Katy?'

'Evi.'

Samen zwegen ze. Grote emoties benoemen vonden ze beiden lastig. Een krijsende reiger vloog vlak over het water. Een vis hing spartelend uit zijn bek.

'Ben je op de Kaag?' vroeg ze en hij hoorde dat ze haar keel schraapte.

'Ja en ik denk dat ik ook de komende dagen hier blijf. Eindelijk wordt het een beetje lente. Ik heb de drijvende nesten van de meerkoeten al gespot.'

De natuur was zeker een reden om op de Kagerplassen te blijven logeren, maar hij wilde vooral niet in hun huis in Leiden zitten. Daar was de leegte zo goed voelbaar. Zonder Cita en Evi kwamen de muren op hem af.

'Dat klinkt goed. Ben je vanochtend nog wel naar de AA geweest?'

'Waarom zou ik niet gaan?' vroeg hij geïrriteerd. Na alles wat er was gebeurd had ze het volste recht ernaar te vragen en toch baalde hij ervan. Hij zou zo graag willen dat ze hem weer ging vertrouwen.

'Heb je om extra steun gevraagd aan je buddy?' vroeg ze verder.

Hij zuchtte diep, maar zei niets. Van afstand keek hij naar de randen van het doek. De diverse variaties ijsblauw waren echt goed gelukt. Grijs zou de volgende fase kunnen zijn.

'Ik weet het,' verbrak Cita uiteindelijke de stilte. 'Het is je eigen verantwoordelijkheid.'

Hij wilde heel hard 'precies' uitroepen, maar hij wist dat het nu geen zin had zijn gelijk te benadrukken. Ze praatten in dit gesprek al de hele tijd om de gevoelige onderwerpen heen. En dat was maar beter ook. Cita was waarschijnlijk doodmoe, de conversatie kon makkelijk ontaarden in een ruzie.

'Het is toch al na enen bij jullie? Ga maar lekker slapen schat,' zei hij ontwijkend. 'We hebben morgen weer contact.'

Ze beschreef eerst nog haar luxueuze suite vol Balinees antiek en vertelde over de zachte lakens van Egyptisch katoen. Daarna gaf ze hem een kus door de telefoon en hing op.

Joris schonk zichzelf nog een, inmiddels zeer bittere, kop koffie in en klapte een tuinstoel uit. Op het dek van de boot zat hij nog net in een straaltje avondzon. Een sigaret maakte het rustmoment compleet. Hij moest Cita vertrouwen dat ze het op Bali goed aanpakte en hij moest zich concentreren op zijn werk hier. Twee medewerkers van Museum de Fundatie waren een maand geleden in zijn atelier komen kijken. Rik, de conservator vond dat hij weer verrassend werk maakte en dacht aan een solotentoonstelling volgende zomer. Evi's schilderij zou het pronkstuk kunnen worden.

'Ze komt terug,' zei hij tegen Lewis die weer op zijn voeten ging liggen. 'Evi komt je snel weer knuffelen. Het duurt nu niet lang meer.'

6

Ze opende haar mailbox en lepelde het laatste restje melk uit haar cappuccino. In de afgelopen vierentwintig uur had ze 322 mails gekregen. Veel verkapte reclame van leveranciers, wat reacties van aandeelhouders, maar ze opende alleen die vijftien van Maria en twee van Patrick. Vragen over gezichtsbehandelingen en personeelszaken beantwoordde ze meteen. En tijdens het schrijven van de laatste mail, popte een skypegesprek op.

‘Nou, het wel is duidelijk dat je last hebt van de jetlag. Je gezicht is compleet opgeblazen.’

‘Ook goedemorgen Leelah. En ja, het klopt, ik heb niet heel goed geslapen vannacht.’

‘*No worries*. Ik zie er ook niet uit,’ zei ze en ze trok aan haar half uit elkaar gevallen vlecht. ‘Het is hier pas tien uur, maar het voelt alsof ik al een hele dag achter de rug heb. Hoe is het daar?’

Cita begon te vertellen over The Chedi en het uitgebreide ontbijt, toen Leelah haar onderbrak.

‘Wat interesseert mij dat hotel nou? Hoe is Ubud zelf? Zijn die brutale apen op Monkey Forest Road er nog? Heb je al bij café Lotus gegeten? En heb je die ganzenhoeders in de rijstvelden nog gespot?’

Terwijl het vragenvuur doorging, keek Cita naar het levendige gezicht van haar zus. Bij elke vraag hoorde een andere gezichtsuitdrukking en haar ogen dansten over het scherm.

‘En heb je mooi uitzicht?’ besloot Leelah haar relaas terwijl ze wat onderuitzakte in haar schommelstoel.

Cita draaide zich om, keek op en besefte nu pas echt waar ze zat. De lichtgroene rijstvelden die aan het eind van het ontbijtterras begonnen, strekten zich uit tot de junglerand waaruit hoge palmen en diepgroene bladeren staken. Daarachter lag de heilige berg Agung, met een kleine wolk vastgeplakt aan de top. Ze richtte de camera van haar laptop op de omgeving en ze hoorde de enthousiaste uithalen van haar zus.

‘Wat een idyllische plek!’ concludeerde Leelah. ‘Heb je ook al zo’n heerlijke papajashake gedronken? Vroeger was je er verslaafd aan.’

‘Dat je dat nog weet! Ik realiseer me hier juist dat ik mij van onze vorige trips weinig meer kan herinneren.’

Leelah keek haar vanonder haar donkere wenkbrauwen onderzoekend aan. ‘Daar geloof ik niets van. Ik denk dat je je niets wílt herinneren.’

‘Hoezo?’

'Ongemakkelijke emoties. Daar kun je niets mee. Net zoals je niet over Evi's verdwijning wilt praten.'

'Onzin,' riep ze tegen het beeldscherm en ze wilde net uitleggen dat Evi niet verdwenen was maar vast ergens in een zelfgekozen retraite zat, toen Leelah met opzichtige gebaren duidelijk maakte dat er iemand achter haar was komen staan. Cita draaide zich abrupt om en keek recht in het gezicht van Hendrad. Zijn zwart-wit geblokte *udeng* zat weer vrolijk om zijn hoofd geknoopt, maar zijn pretoogjes van gisteren keken nu zorgelijk.

'Er is een jonge vrouw in de lobby die zegt een afspraak met u te hebben.'

'O, dat zal Katy zijn. Leelah, ik moet gaan.'

Haar zusje gaf haar een handkus en Cita klapte haar laptop dicht. 'Dank Hendrad. Laat haar maar komen.'

Zonder verder iets te vragen liep de butler weg om Evi's vriendin te halen. Bij terugkomst zag Cita waarom hij bezorgd had gekeken: Katy zag eruit als een zwerver. Een uitgelubberde grauwe batikbroek, een wijd T-shirt met eronder een felgekleurd topje en rastaharen die ze in een soort paardenstaart gefrommeld had. De door Cita zo gehate Birkenstock-sandalen hadden duidelijk hun beste tijd gehad.

Cita stond op om haar een hand te geven en keek in een verrassend verfijnd gezicht, met helblauwe ogen, een volle rode mond en stevige jukbeenderen. Als ze wat langer was geweest, was ze als model zeker succesvol geworden.

'Dag mevrouw.' Haar greep was slap maar haar stem krachtig, met een zwaar Australisch accent. 'Goed u eindelijk te ontmoeten.'

Katy schoof bij haar tafeltje aan en bestelde kruidenthee met gember. Daarna begon ze meteen in rap tempo te vertellen hoe onbeschoft de politie had gereageerd op haar melding over Evi's verdwijning.

Dat ze haar met een arrogant handgebaar hadden weggewimpeld en dat ze nu niet meer wist wat ze moest doen. Dat ze echt overal had nagevraagd maar dat niemand Evi had gezien. En dat ze zelfs haar fiets niet konden vinden. Uiteindelijk benadrukte ze een paar keer hoe opgelucht ze was dat Cita gekomen was.

'Goed, duidelijk,' loog Cita. Ondanks het lange relaas was het haar nog helemaal niet helder wat er allemaal was gebeurd. Maar ze had het gevoel dat ze Katy eerst op haar gemak moest stellen. De mondhoeken van de Australische trilden en ze plukte continu aan het puntje van haar neus.

'Vertel eens hoe jullie elkaar hebben ontmoet,' vroeg Cita rustig.

Katy nam een slok van haar thee die gezien de stoom onmiskenbaar te heet was en staarde over de rijstvelden.

'Ik woon hier al twee jaar,' zei ze en ze maakte aanhalingsteken in de lucht. "Gevlucht" voor mijn overbezorgde moeder.'

Cita voelde eigenlijk de neiging iets ter verdediging van deze arme moeder te zeggen, maar kon geen argument vinden en knikte alleen.

'Ik geef yogalessen hier in Ubud. Vinyasa bij Radiantly Alive. En ik ben bezig met een yogaboek. Vol schitterende foto's van rijstvelden, offerceremonies en batikfabriekjes,' ging Katy verder en weer nam ze een grote slok van haar te warme thee. Ineens leek ze te beseffen dat ze nog niets over Evi had verteld en begon uit te leggen dat ze haar tijdens een yogales voor het eerst had gezien. 'Ze kende hier nog maar weinig mensen. Ik heb haar meegevraagd op wat hikes. Jee, wat kon zij doorstappen zeg. En in de dorpjes hieromheen maakte ze snel contact. Ze zat meteen bij iedereen op de veranda. Niet zo moeilijk natuurlijk als je zo vloeiend Bahasa spreekt.'

Katy zweeg en roerde in haar thee. Cita besefte dat ze moest reageren, maar had geen idee wat ze moest zeggen. Dit tengere meisje leek een heel andere persoon te omschrijven dan haar dochter. Stevig doorstappen? Snel contact leggen? Goed Indonesisch spreken? Evi haatte het om nieuwe talen te leren, was tamelijk verlegen en hield meer van meditatie dan van zware fysieke activiteiten.

'En toen?' zei ze bij gebrek aan een betere vraag.

Even trilden haar mondhoeken weer, maar daarna

legde Katy rustig uit dat het meteen zo goed klikte en dat ze al snel had gevraagd of Evi bij haar wilde komen wonen.

'Ik woon in een huisje net ten noorden van de stad en had een bed vrij. Het was meteen heel gezellig. Evi was zo ontzettend lief en altijd enthousiast. We deden alles samen. Ik op mijn scooter en zij op haar eeuwige oranje fiets. Zij wilde per se geen scooter. Fietsen vond ze beter voor het milieu. En daar had ze natuurlijk gelijk in.'

Cita glimlachte. Dat klonk wel als haar dochter. Lief en altijd bezig met de natuur. Ze zocht oogcontact met een ober maar voordat die kon reageren kwam Hendrad al naar haar toe en vroeg of ze nog wat wilde drinken. Zonder er echt bij na te denken bestelde ze een papajashake zonder ijs, met een schijfje limoen. Katy bedankte voor een tweede ronde.

'Ik moet gaan,' zei ze en ze dronk snel haar theeglas leeg.

'Nu al?'

'Ja sorry, ik moet zo lesgeven. Ik heb mijn eerste klas al afgezegd.'

'Waarvoor veel dank natuurlijk. En heel fijn dat je meteen kon komen.' Cita pakte de wat klamme hand van Katy vast. 'Maar ik zou je graag weer willen zien. Ik heb nog zoveel vragen.'

'Dat begrijp ik,' zei Katy toen ze opstond, haar broek omhoogtrekkend. 'Maar het spijt me. Ik moet nu echt weg. Misschien kunnen we om half twaalf afspreken bij het politiebureau op Jalan Raya Adong? Dan kunt u ook mijn aangifte van de vermissing inkijken.'

'Ik denk niet dat ze echt vermist is.'

Ze had het achteloos gezegd, maar Katy leek geschokt. Een frons verscheen tussen haar wenkbrauwen en ze friemelde aan een lange rastalok. 'Ik heb haar sinds zaterdagavond niet meer gezien.'

'Weet ik.'

'Zonder iets te zeggen is ze van dat feest weggegaan en nooit meer thuisgekomen.'

'Weet ik,' herhaalde ze. 'Mijn man heeft mij jouw e-mail laten lezen.'

De frons werd dieper. 'En dan weet u dus ook van haar verdwenen mobiel?'

Cita knikte en wilde uitleggen waarom ze Evi niet als vermist beschouwde, toen Hendrad met de shake aan kwam lopen. Hij begon uitvoerig te vertellen waar in de hoteltuin de papajaboom stond en dat de kok erop had gelet dat de vrucht net rijp was. Dan waren ze namelijk geschikt om te persen, legde hij uit.

Katy wipte ongeduldig in haar sandalen en onderbrak Hendrad. 'Ik zie u hopelijk straks bij het bureau. Dan denkt u er zeker anders over.'

Cita wilde bevestigen dat ze kwam maar Katy zwaaide haar tas al over haar schouders en liep zo snel door het restaurant dat andere gasten opkeken. Het was niet duidelijk of ze nou boos, geïrriteerd of echt gehaast was. Hendrad keek haar vragend aan.

'Ze had een andere afspraak,' zei Cita bijna verontschuldigend en ze nam een slok. De vertrouwdheid van de zoetfrisse smaak overviel haar. Dit had ze inderdaad heel vaak gedronken. Het leek alsof de smaak haar terugvoerde naar het verleden. Beelden van de vele Balireizen met haar ouders schoten voorbij. Ineens zag ze haar moeder, gekleed in een roze sarong met een kanten kabaja knielend voor een klein altaar. Een bananenblad met vruchten in haar handen. Geconcentreerd legde ze de offertjes neer en met een rustig gebaar stak ze enkele wierookstokjes aan.

'Ibu Cita, gaat het wel?' vroeg Hendrad en hij legde een hand op haar schouder. 'U ziet wat bleek.'

Het beeld van haar moeder vervaagde en Cita roerde in haar glas. 'Ik denk dat ik gewoon wat moe ben.'

'Zal ik een massage voor u regelen? Dat werkt uitstekend tegen de jetlag.'

'Nu?'

'Wanneer u maar wilt.'

Deze man bedoelde het oprecht vriendelijk, maar zijn dienstbaarheid irriteerde haar. Ze wilde niets liever dan alleen zijn. 'Nu niet. Ik moet werken. Misschien later.'

Even leek Hendrad haar te willen overtuigen, maar uiteindelijk knikte hij begrijpend en draaide zich om.

Cita klapte haar laptop open, maar ze bleef naar het lege scherm staren. Ze voelde zich een opgefokte, botte trut. Als Joris naast haar had gezeten, had hij haar vast subtiel gecorrigeerd. Ze hoorde hem al zeggen dat ze van het eiland moest genieten. Van de geluiden, de geuren en vooral van de lieve mensen. Zo graag zou ze hem nu kort spreken, maar hem om vier uur 's nachts wakker bellen was om verschillende redenen een slecht idee.

Over de rand van haar computer keek ze naar het lager gelegen zwembad. De bedjes waren nog leeg en de rode handdoeken lagen strak opgerold op het voeteneind. Het water leek door de leistenen bodem diepblauw en samen met het glooiende grasveld eromheen werd het net een abstract schilderij.

Als Evi dit zou zien, zou ze er zeker meteen in springen. En ineens leek zwemmen ook voor haarzelf een aantrekkelijke optie. Cita verzamelde vlug haar spullen en Hendrads blik ontwijkend, verliet ze het restaurant.

7

'Nee, geen wisselgeld,' herhaalde de taxichauffeur terwijl hij stuurs voor zich uit staarde.

Cita keek tegen zijn geschoren achterhoofd aan en klakte met haar tong. Een taxirit stond symbool voor alles wat ze zo vreselijk vond aan Azië. De chauffeurs die je beduvelden waar je bij stond. Zogenaamd kenden ze het adres niet zodat ze kilometers omreden, de meter deed het nooit, je moest altijd onderhandelen over de prijs en het leek alsof ze allemaal suïcidaal waren. Toeterend, afsnijdend en op een zo hoog mogelijke snelheid reden ze als gekken over de te smalle wegen.

'Oké, laat die 10.000 roepia maar,' zei ze en ze schoof over de achterbank naar de deur. Ineens kon ze zich weer een scheldwoord herinneren. '*Bajingan!*'

Ze stapte uit en voordat ze de deur dicht kon gooien, schoot een scooter direct voor haar langs.

'Bajingan,' schreeuwde ze opnieuw en ze trok haar tas dichter tegen zich aan.

De weg was bomvol auto's en scooters, de stoep werd overspoeld door schaars geklede lichtroze toeristen en de kraampjes met schreeuwerige souvenirs vormden een oneindige aaneengesloten rij. Helemaal niets deed haar denken aan het serene dorpje met zandpaden, vruchtenstalletjes en vriendelijk groetende inwoners van dertig jaar geleden. Wat deed Evi in dit oord?

De zon brandde zo fel dat ze snel de schaduw van een boom in dook, met haar zijden jurkje wapperend ter verkoeling. Door de krioelende mensenmassa kon ze de straat niet goed overzien en het duurde even voordat ze de ingang van het kleine politiebureau spotte. Ze duwde gehaast de getinte deur open en stapte een ijskast in. Het leek wel Balinees beleid om iedereen in overheidsgebouwen te bevriezen.

Het halletje was leeg, op een houten balie na, waarachter een man in een bruin uniform voorovergebogen in wat papieren zat te rommelen. De mondhoeken in het jonge gezicht hingen al naar beneden en zijn donkere bril zakte bijna van zijn neus.

'*Salamat sore*,' groette ze de man, die niet opkeek.

En alsof ze door een beveiligingscamera ineens naar zichzelf kon kijken, zag ze een eenzame, oververhitte, geïrriteerde vrouw in beeld verschijnen die hier duidelijk niet wilde zijn en die door niemand leek te worden opgemerkt. Haar ogen vulden zich met tranen.

'Salamat sore,' schreeuwde ze de agent toe. 'Salamat sore.'

De man schrok op van dit plotselinge machtsvertoon. 'Mevrouw, waarmee kan ik u helpen?'

Maar nog voordat ze kon uitleggen wat ze kwam doen, hoorde ze haar naam uit de aangrenzende kamer komen.

'Ik zit hier,' zei Katy, die haar hoofd om de hoek stak. Haar haren zaten nog warriger dan vanochtend, maar haar blik was helder. 'We bespreken Evi's dossier.'

Cita glimlachte naar de beduusde jonge agent, begroette Katy en liep het kamertje binnen. Versleten zeil op de grond, twee plastic stoeltjes en aan de wand een vergeelde poster van rijstvelden. Achter het kleine bureau zat een onderuitgezakte man demonstratief met zijn armen over elkaar.

'En u bent de moeder?' vroeg hij kortaf in vlekkeloos Engels.

Ze knikte en wachtte tot de man haar zou vragen te gaan zitten, maar hij bleef naar zijn computerscherm staren. Uiteindelijk schoof ze zelf maar op de stoel naast Katy.

Hij trok met zijn mond. 'En u denkt dat uw dochter verdwenen is?'

Ze wilde net uitleggen dat ze dat juist niet dacht, toen de man verderging. 'Mijn collega heeft twee dagen geleden de melding aangenomen en ik lees dat ze zaterdag na een feest niet is thuisgekomen. Bent u ervan op de hoogte dat het een verboden *fullmoon party* was, ergens in een verlaten schuur in het bos? Waar veel drugs gebruikt werden? En dat wij met een grote politiemacht het feest hebben moeten onderbreken? En zoals ik hier lees, wel acht mensen gearresteerd hebben?'

Cita voelde haar hart overslaan en zocht steun bij Katy door oogcontact te maken. Maar het meisje keek naar haar schoot en friemelde met haar handen.

'Drugs?' stamelde ze. 'Waarom bent u daar zo zeker van?'

Nu pas keek de agent op. Zijn wenkbrauwen waren tot een dikke streep samengetrokken.

'Mevrouw, ik heet Gusti Ketut Rajendra. Al twintig jaar werkzaam als rechercheur. En al die tijd strijd ik tegen het drugsgebruik op dit eiland. U weet, neem ik aan, dat we heel strenge narcoticawetten hebben? Voor drugsbezit geldt de doodstraf. En bij gebruik ervan levenslang. Ook voor toeristen die denken dat het hier een hallucinerend pillenparadijs is.'

Cita voelde het bloed naar haar wangen stijgen. 'Mijn dochter gebruikt geen drugs.'

'Dat zeggen alle ouders,' zei de man en hij streek over zijn kaak, die bijna vierkant was. 'Coke, xtc, paddo's, cannabis, GHB. We hebben op dat feest alles gevonden. Dus misschien ligt uw dochter nog ergens high te zijn.'

De spieren in haar hele lichaam spanden zich aan. 'Uw suggesties zijn totaal misplaatst. Nogmaals: Evi gebruikt geen drugs.'

De rechercheur haalde zijn schouders op. 'Dan kan ik niets voor u betekenen.'

'Wat een arrogantie!' Cita wist dat ruziemaken in Azië tot gezichtsverlies leidde en altijd vermeden moest worden, maar deze man ging te ver. 'Mijn dochter is mogelijk vermist. Misschien is er wel iets ernstigs gebeurd. U moet haar zoeken!'

'Dat bepalen we zelf wel,' zei de man en hij zuchtte vermoeid.

Cita sprong op en wilde de man toeroepen dat het verdomme wel zijn taak was vermiste personen te zoeken, toen Katy zachtjes aan haar arm trok.

'Het is beter dat we gaan,' fluisterde ze en leidde haar het kamertje uit. 'Ook belediging van de politie wordt hier zwaar bestraft.'

Als een minderjarige die een kroeg werd uitgezet, liet ze zich door Katy het bureau uitvoeren. De agent achter de balie keek verstoord op, maar hij zei niets en binnen een paar seconden stonden ze weer buiten.

De warme lucht ontspande haar spieren en ze voelde de rust in haar lichaam weer terugkomen. Katy reikte haar een flesje water aan, dat ze in een keer leegdronk.

'Sorry dat ik mij zo heb laten gaan.'

'Ik begrijp het zo goed. Ik mis Evi ook vreselijk,' zei Katy en ze plukte aan haar neus. 'En als mijn dochter was verdwenen, zou ik ook zo *fucking* boos zijn.'

Nu pas zag Cita dat Katy diepe grijze wallen onder haar ogen had. Misschien was deze Australische hippie toch bezorgder dan haar mimiek deed vermoeden?

Ineens voelde Cita medelijden voor het zenuwachtige, tengere meisje.

'Dat je vriendin vermist is, is ook heftig,' zei ze troostend.

'Zeker heftig ja,' zei Katy en ze staarde weer naar de grond. Met haar sandalen maakte ze rondjes in het stof. 'Maar u denkt nu toch wel dat ze echt vermist is?'

Eigenlijk zou ze volmondig ja moeten zeggen, maar eindelijk inzien dat haar dochter onvindbaar was en dat ook nog durven uitspreken waren twee verschillende dingen. Je moest de kwade geesten niet uitlokken. Dus knikte ze alleen maar.

'Komt u dan mee naar ons huis? Ik wil u wat laten zien,' zei Katy en ze pakte Cita's hand.

Cita liet zich zwijgend naar Katy's scooter leiden en zonder er verder echt bij na te denken stapte ze achterop. De straat die haar een uur geleden nog levensgevaarlijk vol leek, ervaarde ze nu als gemoedelijk druk. Andere scooters reden in hetzelfde tempo met hen mee, de kinderen achterop zwaaiden en de wind verkoelde haar wangen. Ze rook de zoetige geur van vruchten, bloesem, kruiden, vuurtjes, vermengd met uitlaatgassen. En net als bij de mengelmoes van talen dacht ze nu weer aan haar jeugd in Dhaka. Als ze daar 's ochtends hun huis in het overvolle centrum uitstapte, overspoelde het aroma van de stad haar ook.

Die tsunami van verschillende luchtjes was haar dierbaarste herinnering. Toen ze op haar zestiende in

Nederland ging wonen, was ze vooral verrast door het vacuüm van geuren. Holland leek naar niets te ruiken.

Met een scherpe bocht reed Katy de hoofdstraat uit en draaide bij een kleine *warung* plotseling vol gas een steil oplopend zandpad op. Cita moest zich aan Katy's heupen vastgrijpen om niet te vallen. Een aap vluchtte geschrokken een boom in. Net toen ze wilde vragen waar ze in vredesnaam heen reden, remde Katy af en draaide de motor uit. Voor een klein houten huisje parkeerde ze de scooter onder een boom. In de tuin bloeiden de lelies uitbundig maar ze konden niet verhullen dat het huisje een verfbeurt goed kon gebruiken. Ook het dak had zijn beste tijd gehad en zinken platen ondersteunden de gammele constructie. In de kozijnen zaten geen ramen maar houten luiken.

'Is dít jullie huis?' vroeg ze en ze baalde direct van de veroordeling in haar stem.

Maar Katy leek het niet te merken en liet op de veranda trots twee leunstoelen zien. 'Speciaal voor ons gemaakt door de timmerman aan het begin van de weg. Evi kon dat soort dingen heel gemakkelijk regelen.'

'Kán bedoel je. Niet kon,' zei Cita snel.

Katy glimlachte. 'Sorry. Natuurlijk kán ze het nog steeds regelen.'

Binnen was het schoon maar eenvoudig. Twee bedden met klamboes, een kamerscherm ertussen, wat kasten, een eettafel die duidelijk meer als bureau functioneerde, een ventilator aan het plafond en een ijskastje in de hoek. Aan de wand allemaal foto's van het eiland. Mooi belicht vanuit bijzondere perspectieven. Ze bestudeerde een foto van een bejaarde vrouw. Haar oude huid leek van gelooid leer, haar ogen nog vol levenslust.

'Schitterend zijn ze. Heb jij deze zelf gemaakt?'

Katy keek haar aan alsof ze in de maling genomen werd. 'Deze zijn natuurlijk van Evi.'

'Natuurlijk,' bevestigde Cita snel, ook al had ze geen idee.

Katy klikte de ventilator aan en een koele bries ging de kamer rond. 'Ze mocht volgende maand zelfs in de Workingplace exposeren.'

'De Workingplace?'

'Had ze dat nog niet verteld? Dat is die plek waar we met alle buitenlanders in Ubud samenwerken. Een soort gedeelde kantoorruimte. Superinspirerend, met een heel prettige sfeer. U moet daar straks maar gaan kijken.'

'Goed idee. Zal ik doen.' Cita ontdeed een stoel van een hoop kleren en ging zitten. 'Fijn huis hoor. Is er ook een badkamer?'

Katy schonk twee glazen water in en schoof aan tafel. 'Buiten, achter in de tuin. We hebben een *mandi*, dat is...'

'Een grote bak met koud water,' onderbrak Cita haar, 'waaruit je kleine bakjes water schept en die direct over je zelf heen giet. Douchen op zijn Indonesisch.'

Katy keek haar verbaasd aan.

'Ik ben hier als kind vaak geweest. Toen was de mandi nog heel gewoon,' legde Cita uit. 'Ik moet er nu niet meer aan denken.'

'Ach, het went,' reageerde Katy gelaten en ze nam een slok. 'Hoe was Bali toen?'

'Anders. In Ubud waren alleen maar zandweggetjes. Het was dus rustiger, minder hip ook. En bijna geen drugs.'

Het was een opzichtige hint maar Cita hoopte toch op een reactie, het liefst een ontkenning. Maar Katy negeerde haar opzet en schoof een boekje over tafel. 'Ik dacht dat u dit misschien wel zou willen hebben. Het is van Evi.'

Cita staarde naar het grijze schriftje maar durfde het niet te pakken. Op de voorkant had Evi tropische bloemen getekend. Iets wat ze als klein kind al heel goed kon.

'Ik heb het niet gelezen hoor,' zei Katy die het notitieboekje nog wat dichterbij schoof.

Nu nam Cita het schriftje aan en liet ze de bladzijden door haar handen glijden. In een flits zag ze tekeningen van bomen en planten, hele verhalen en stukjes tekst die op gedichtjes leken. De tranen prikten in haar ogen en ze moest twee keer slikken voordat ze kon praten. 'Dank, dit neem ik mee.'

Ze wilde weg voordat ze echt in huilen zou uitbarsten en stond meteen op. Het boekje hield ze tegen haar borst gedrukt. 'Mag ik je nog een vraag stellen?'

Katy knikte.

'Welk bed is van Evi?'

Katy wees naar de linkerhoek en Cita ging op de rand van het smalle bed zitten. Ze liet haar handen over het laken glijden en drukte een kuiltje in het kussen. En ineens leek het alsof haar dochter net was opgestaan.

Nu kon ze de tranen niet meer wegslikken en vlug liep ze naar de deur. Op Katy's vraag of ze haar naar de stad moest terugbrengen, schudde Cita ontkennend haar hoofd en vluchtte daarna het huisje uit.

8

Joris gooide de stok ver het weiland in, maar Lewis was binnen tien seconden terug en keek hem weer verwachtingsvol aan.

'Laatste keer,' zei hij en zwaaide de stok nu een sloot in. De hond sprong er zonder enige terughoudendheid meteen achteraan. De eenden doken snel onder water.

Zijn mobiel trilde in zijn binnenzak. 'Ciet! Hoe is het daar?'

Ze antwoordde niet maar hij hoorde wel dat ze aan de telefoon was. Haar adem klonk zwaar.

'Schat, wat is er? Waar ben je?'

Hij kon straatgeluiden op de achtergrond onderscheiden, maar Cita zelf zei niets.

'Is er iets aan de hand? Ciet?' vroeg hij nu harder. 'Cita?'

Ineens begreep hij dat ze huilde. 'Is er iets met Evi? Heb je haar gevonden?'

Nu werd het snikken luider en tussen de uithalen door probeerde Cita haar verhaal te doen. Hij kon woorden als 'drugs', 'huisje' en 'politie' maar net herkennen. Toch wilde hij haar niet onderbreken om te vragen wat ze nou precies bedoelde. Eerst moest ze al haar tranen kwijt.

'Laat maar gaan,' moedigde hij haar aan.

Ze huilde nooit. Misschien was de laatste keer wel acht jaar geleden, toen ze hem in het ziekenhuis opzocht na zijn eerste delirium.

'Ik begrijp het,' zei hij met zachte stem. 'Bij mij zitten ze ook hoog.'

Hij hoorde haar ademhaling langzaam kalmer worden en hij herhaalde zijn meest neutrale vraag. 'Waar ben je?'

Ze zuchtte diep. 'Een of ander superfoodcafé. Ze zitten hier overal. Alleen maar hippe shakes met boerenkool en kurkuma. Nergens meer een normale koffie te krijgen.'

Joris schoot in de lach. 'We worden oud. Maar vertel, waarom ben je zo verdrietig?'

'Ze is echt verdwenen.'

'Ik weet het lieverd,' zei Joris en op een rare manier voelde hij zich opgelucht. Minder alleen. 'Het is vreselijk.'

'Maar ik kan nu niet instorten,' zei ze en hij hoorde meer kracht in haar stem.

'Natuurlijk wel. Je bent ook maar een mens.'

'Nee, Evi heeft mij nodig,' zei ze zo ferm dat Joris wist dat de kleine barst die even in haar beschermingsschild was ontstaan, alweer was gedicht. En alsof ze net niet verdrietig was geweest, begon ze haar ontmoetingen met de wat vreemde Katy te analyseren. Ze was aardig en behulpzaam, maar ook afwezig, gehaast en nerveus. Cita brieste verder over de agenten die zo hooghartig waren en nergens mee wilden helpen. En bijna fluisterend vertelde ze over het schriftje dat ze van Katy had gekregen waarin Evi zo enthousiast over het eiland was geweest. ‘Eerst durfde ik er niet in te kijken. Ik weet eigenlijk niet waarom, misschien was ik bang dingen te lezen die niet voor mij bestemd waren. Het blijft toch een soort dagboek. Maar het was juist heel fijn. Ze beschrijft haar favoriete plekken op het eiland. Het bracht haar dichterbij. Vooral die gedetailleerde tekeningen van bloemen zijn schitterend. Wist je dat ze ook mooi kon fotograferen?’

Lewis legde zijn drijfnatte stok aan zijn voeten en Joris gooide gedachteloos het stuk hout weer ver voor zich uit. ‘Ja, ze stuurde mij af en toe foto’s. Bijzonder goed. Weet je nog dat we die Canon voor haar achttiende verjaardag hadden gegeven?’

‘Ja, nu je het zegt,’ reageerde ze snel. Maar hij kon niet horen of ze het zich echt kon herinneren.

‘In het begin heb ik een beetje geholpen met composities en zo,’ legde hij uit. ‘Maar ze heeft zelf een goed oog voor details.’

‘Heeft ze je dan ook verteld dat ze een expositie zou krijgen in dat gezamenlijke kantoor?’ vroeg Cita door.

'In de Workingplace bedoel je? Ja natuurlijk, over twee weken zou de opening zijn. Misschien moet je daar eens een kijkje nemen. Volgens mij was Evi daar veel. Ze werkte met anderen aan een bijzonder milieuproject. Samen met die Greenschool in Ubud. Overigens ook een plek om te gaan praten. Die weten vast ook veel over haar te vertellen.'

Cita reageerde niet op zijn voorstellen. Hij wist wel dat ze zijn innige band met hun dochter soms lastig vond, maar hij wilde zich er ook niet voor verontschuldigen. Zo was het nu eenmaal gelopen en daar had zijzelf zelf ook een rol in gespeeld. Al wilde ze dat eigenlijk niet erkennen.

'En wist je dat ze drugs gebruikte?' vroeg ze ineens.

De vraag kwam binnen als een dolksteek. Zijn buik voelde opengereten. 'Dat zou Evi nooit doen.'

'Dat zei ik ook, maar de politie leek overtuigd.'

Hij trapte tegen een hoge pol gras. 'Ik denk dat ik haar goed genoeg ken om zeker te weten dat ze dat nooit zou doen!'

'Misschien weet zélfs jij niet alles over haar.'

Hij beet zijn kaken op elkaar. 'Wat een rotopmerking.'

Het was vast beter geweest als hij haar had toegeroepen dat ze haar jaloezie moest beheersen, maar hij koos voor de laffe optie en verbrak zonder nog iets te zeggen het gesprek. Eigenlijk wilde hij meteen daarna zijn iPhone het water in smijten. Maar Lewis kwam op hem afgerend en voordat hij zijn stok kon neerleggen trok Joris het glibberige stuk hout uit zijn bek en gooide het ver voorbij de sloot.

9

Ze liet het hemdjurkje met een druk rood patroon door haar handen glijden. Dit was iets wat Evi zou kopen. Fladderig en zichtbaar goedkoop. En toch zou het haar goed hebben gestaan. Ze had een soort *effortless* chique uitstraling zoals *Vogue* de Balinese bohèmestijl wel vaker had omschreven. Als haar dochter nou een fractie meer aandacht aan haar uiterlijk zou besteden, zou ze een oogverblindende schoonheid zijn.

Cita liep verder door het winketje waar spullen lagen die ze in Nederland geen blik waardig zou gunnen, maar hier toch een bepaalde charme hadden. Op een plank stond een rij houten poppen met maskers. Het kleinste voodoo-achtige model deed haar direct aan Joris denken. Graag zou ze nu een dikke naald in de bolle buik drukken.

Ze vond het laf als hij tijdens een gesprek abrupt ophing. Goed, ze kon ook irritant zijn, maar hij moest echt zijn uitbarstingen intomen. De alcohol had bij hem alles onderdrukt, nu moest hij weer met emoties leren omgaan. Ze begreep natuurlijk waar zijn depressies vandaan kwamen, maar toch kon hij zijn heftige jeugdervaringen niet eeuwig als excuus gebruiken. Hoewel ze besefte dat hij hetzelfde tegen haar kon zeggen.

In plaats van het poppetje totaal te mishandelen, pakte ze een bloesje uit het rek en dook een pashokje in. De zachte zijde gleed over haar hoofd en ze draaide zich om naar de spiegel. Ze schrok van de vrouw die haar aankeek. Ze zag uitgelopen mascara, piekerige haren en een zweetsnor. Vlug probeerde ze de zwarte strepen op haar gezicht weg te boenen en gehaast stak ze haar pieken met een klip omhoog, maar het maakte niet veel uit. Ondanks haar enigszins herstelde uiterlijk, bleef ze een vrouw zien die ze niet herkende. Diepe rimpels, ingevallen wangen, een strakgetrokken mond en fijngeknepen ogen. De spanning had haar gezicht getekend. Ze voelde zich ineens duizelig worden.

Haar knieën knikten en het hokje leek als een draaikolk om haar heen te bewegen. Ze zakte op een krukje in de hoek en sloot haar ogen. Een misselijkheidsgolf schoot omhoog en het voelde alsof ze plotseling een koortsaanval kreeg. Haar wangen waren gloeiendheet maar haar handen voelden klam en koud. Ineens begon haar hart hard te kloppen. Jezus, ze kreeg hier een hartaanval.

Haar ademhaling schoot omhoog, trillend pakte

ze haar mobiel uit haar tas en drukte op het bekende nummer. 'Leelah?'

'Hee zusje. Al nieuws?'

Een koude rilling rolde over haar rug. 'Help!'

'Wat is er?'

'Alles draait. Overal zweet. Misselijk. Mijn hart.'

'Ga even rustig zitten.'

Nu kon ze helemaal geen zuurstof meer uit de lucht krijgen en ze hapte naar adem. 'Ik ga dood.'

Even was het stil aan de andere kant en toen begon Leelah haar rustig toe te spreken. 'Het komt goed zus. Echt, je gaat niet dood.'

'Jawel!'

'Nee!' zei Leelah resoluut. 'Dat lijkt nu alleen zo. Je lichaam houdt je voor de gek. Dit is een paniekaanval.'

'Paniek?' hijgde ze.

'Ja, weet je nog wat we bij professor Buitendorp leerden? Bij een paniekaanval komt de patiënt in een vicieuze cirkel terecht. De lichamelijke symptomen van angst worden tijdens de aanval verkeerd geïnterpreteerd, waardoor de patiënt nog meer in paniek raakt.'

'Wat?'

'Dit is niet echt. Je wordt overspoeld door angst.'

Ze liet haar hoofd tussen haar benen zakken. 'Wat moet ik doen?'

'Zo laag mogelijk in je buik ademen. Zuig die lucht maar naar binnen. En probeer aan iets gewoons te denken. Wat je als ontbijt hebt gegeten, aan je nieuwste paar schoenen of zing desnoods het Wilhelmus.'

De kalme stem van haar zus bracht haar op hol geslagen lijf langzaam tot rust. In gedachten herhaalde ze de bekende medische informatie: spanning en angst kunnen lichamelijke klachten veroorzaken, de hartkloppingen zijn niet gevaarlijk. Je gaat niet dood. Je bent slechts gespannen en misschien wat oververmoeid.

Na een tijdje opende ze voorzichtig haar ogen. Het pashokje had zijn oude vorm weer teruggekregen. De misselijkheid was gezakt en ze had ineens enorme dorst. Haar tong plakte aan haar gehemelte.

'Pff, dat was heftig,' zei ze uiteindelijk, met nog een lichte trilling in haar stem. 'Dank je.'

'Een vermiste dochter ís ook heftig.'

Ze keek naar de treurige blik van de vrouw in de spiegel. 'Ik mis haar zo.'

'Dat weet ik. Maar ze komt snel boven water.'

'Denk je?'

'Ik weet het,' zei ze zo stellig als alleen Leelah dat kon.

'Hopelijk heel snel. Ik ben een wrak. Net heb ik gehuild en nu dit weer. Ik hou het zonder haar niet lang meer vol!'

'Natuurlijk wel. Wij Wolters-meisjes zijn ijzersterk.'

'Helaas wel,' moest ze zuchtend toegeven.

'Trouwens, dat van het Wilhelmus was misschien niet zo'n goed idee.'

Cita glimlachte. 'Het werkte anders prima. Maar hoe wist je dat dit het was?'

'Dat wist ik niet. Maar ik dacht als er echt iets ergs aan de hand is, bel je 112, niet mij.'

Nu schoot Cita hardop in de lach. 'Dat is waar, jouw medische kennis heb ik nooit vertrouwd.'

'Mevrouw?' klonk plotseling een zachte stem aan de andere kant van het gordijn. 'Gaat het wel?'

'Ja het gaat. Ik kom eraan,' zei ze vlug en ze pakte haar tas. 'Leelah, ik moet gaan. Het is al bijna half vier. Ik heb zo een afspraak op het kantoor waar Evi werkt.'

'Succes. Maar zo'n paniekaanval gebeurt niet zomaar. Je lichaam wil je iets vertellen. Je moet...'

'Geen spiritueel gedoe nu,' onderbrak Cita haar zus. 'Sorry, maar ik heb vreselijke haast. Ik bel je snel.'

En hoewel ze zich nog wat wiebelig voelde, kleedde ze zich aan, hing het jurkje terug in het rek en liep naar buiten. De zon prikte in haar ogen en ze zette haar zonnenbril op. Leelah had natuurlijk gelijk, ze moest naar haar haperende lichaam luisteren, maar nu niet. Eerst moest ze Evi vinden.

10

Cita kocht een flesje water, liep de straat uit en kwam op de drukke Monkey Forest Road. De beroemde weg door de jungle waar dertig jaar geleden alleen de grijze langstaartmakaken woonden en nu de orkaan van het toerisme overheen was geraasd.

Het was precies half vier en ze zag op Google Maps dat ze nu recht voor de Workingplace moest staan, maar ze kon nergens een ingang vinden. Er was wel een apotheek, waarvan de planken zo leeg waren dat ze zich afvroeg van welk geld de vrouw achter de kassa werd betaald.

Ze stapte naar binnen en vroeg omslachtig waar ze een gemeenschappelijk kantoor kon vinden. Maar voordat ze haar uitvoerige beschrijving had afgerond, wees de vrouw al naar het plafond. 'Hierboven, ingang om de hoek.'

Opnieuw tuurde Cita de stoep af en nu zag ze opeens een met gele bloemen bezaaide trap. Met kiezelstenen stond in het beton van de eerste tree WORKINGPLACE geschreven. Op zoek gaan naar een regulier uithangbord was duidelijk ook al ouderwets.

Alle offertjes voorzichtig ontwijkend liep ze de trap op. Bij de ingang stond een schoenenrek dat was gevuld met slippers en sandalen in alle soorten en maten, bijna allemaal in staat van ontbinding. Ze zetten haar nieuwe paarse Havaianas ernaast.

Bij binnenkomst wist ze niet meteen wie ze kon aanspreken. Dit was duidelijk een plek waar iedereen zich gedroeg alsof iedereen wist hoe het systeem werkte. Mensen zaten bij elkaar aan tafel, stonden in groepjes te praten of lagen in een hangmat geconcentreerd te typen. Niemand was boven de dertig en de beschrijving van 'internationale werkplek' was terecht. De jongeren leken van overal ter wereld te komen. Ze begreep meteen waarom Evi zich hier zo thuis had gevoeld. Iedereen zag eruit alsof ze heel bewust op deze aarde leefden. Het zou haar niets verbazen als ze allemaal vega waren en rawfood aten.

'Mevrouw Wolters?' klonk een stem achter haar.

Ze draaide zich om en zag een veertiger, met een stevige baard en een opvallend goed getraind lichaam. Groot was hij niet. Wel uitstekend verzorgd. Een strak gestreken korte broek en een rode polo met het kraagje rechtop. Geen Aziatisch type, eerder Zuid-Amerikaans.

'Doran Rodriquez,' zei hij en kwam met uitgestoken hand op haar af. 'U hebt het duidelijk goed kunnen vinden.'

Ze beantwoordde zijn stevige handdruk. 'Wat een mooie plek is dit!'

'Dank je wel! We wilden het hier helemaal anders doen. Geen bureaucratie, routine of vaste werkritmes meer,' begon hij meteen met een diepe stem zijn ingestudeerde verhaal te vertellen. 'We hebben allemaal onze saaie betonnen kantoorgebouwen ingeruild voor deze luchtige bamboehut en de eindeloze vergaderingen voor inspirerende gesprekken met gelijkgestemden.'

'En het werkt dus.'

Doran knikte. 'Absoluut. Sinds de oprichting vijf jaar geleden, hebben hier al meer dan drieduizend mensen tijdelijk gewerkt. Kom, dan laat ik u de rest zien.'

Cita was liever meteen over Evi begonnen, maar volgde Doran toch geduldig. Het idee dat haar dochter hier de afgelopen maanden zo enthousiast bezig was geweest, gaf haar het gevoel dat ze dichter bij haar kwam, al had ze geen idee waar ze al die tijd zo hard aan had gewerkt. Voor een wand met aankondigingen van lezingen over persoonlijke ontwikkeling en een grote poster van een '*Fuck-Up Evening*' bleef ze staan.

Nog voordat ze kon vragen wat dat precies inhield, begon Doran alweer enthousiast te vertellen. 'Dat zijn vier-je-fouten-avonden, waar iedereen zijn werkmislukkingen deelt. Het is altijd hilarisch. En belangrijk, want als je geen fouten durft te maken kun je ook niet groeien. Persoonlijke groei is natuurlijk belangrijker dan maatschappelijk succes. Hier is trouwens mijn kantoor.'

Hij wees naar een ruimte achter een open kast met opgezette dieren. In de hoek stond een groot bureau in de vorm van een palmblad en een weids uitzicht op de lelievijver. Ze nam plaats op een hip leren krukje dat ongemakkelijk wiebelde. 'En nu wil ik graag iets vragen over mijn dochter.'

'Natuurlijk, wat een nare zaak is dat,' zei Doran en hij ging achter zijn bureau zitten. Met zijn kin op zijn handen keek hij haar bezorgd aan. 'Hoe lang is ze nu verdwenen?'

'Sinds zaterdagavond.'

'Dat is al bijna vier dagen!'

'Tachtig uur,' zei ze snel. Uren klonken toch minder lang dan dagen.

Hij boog zich wat naar voren alsof hij haar een geheim wilde vertellen. 'Hebt u er al aan gedacht dat ze tijdelijk ontvoerd zou kunnen zijn?'

'Ontvoerd?'

Haar oprechte verbazing leek Doran te verrassen en hij schoof wat naar achteren. 'Dat is best gebruikelijk hoor, op Bali, dat doen ze om mensen bang te maken. Meestal met mensen die tegen de gevestigde orde op het eiland ingaan.'

'Deed Evi dat dan?' vroeg ze, al wist ze eigenlijk het antwoord al. Haar dochter hield zich nooit aan conventies en vaste patronen. Als zij een idee in haar hoofd had, dan zou ze het uitvoeren, ongeacht welke tegenwerking ze ook op haar pad ontmoette.

'Haar *social enterprise* wekte natuurlijk nogal wat boosheid op bij bestuurders,' zei hij en hij veegde onzichtbare kruimels van zijn bureaublad.

'Natuurlijk.' Ze viste haar flesje water uit haar tas en nam een grote slok. Deze wandelende reclamezuil kon verdorie meer over haar dochter vertellen dan zijzelf wist. Ze moest hem laten praten, zonder dat het opviel dat ze nergens van op de hoogte was. 'En was ze succesvol?'

'Sociaal ondernemers zoeken naar innovatieve oplossingen voor maatschappelijke uitdagingen. Geld verdienen is niet hun hoofddoel, het is een middel om de missie te bereiken. En daar ging Evi vol voor. Ze had zich volledig gericht op de lokale gemeenschap. Ze werkte met hen samen aan een duurzame economie, natuurlijk vooral op zonne-energie gericht.'

'Natuurlijk,' herhaalde ze maar weer. Deze keurige man klonk inmiddels als een zalvende goeroe. 'En waar wekte ze dan weerstand mee op? En bij wie eigenlijk?'

'Geen idee,' zei hij en hij stond abrupt op. 'Maar ik heb wel iets waaruit u misschien zelf wat antwoorden kunt halen.'

Hij draaide zich om, liep naar een houten archiefkast en wilde een la opentrekken toen lawaai van de gang hem afleidde.

‘Mevrouw Wolters, mevrouw Wolters!’ klonk de hoge stem van Katy. ‘Mevrouw!’

Ze stond op en liep de kamer uit. ‘Hier, Katy. Wat is er?’

Het bleke gezicht van Evi’s vriendin was rood aangelopen en ze stond hijgend voorovergebogen. ‘Ze hebben William opgepakt!’

‘Wie?’

‘William, de vriend van Evi. Hij had haar mobiel.’

En zonder verder na te denken, greep Cita Katy’s arm en haar meetrekkend rende ze naar de uitgang.

11

Joris deed twee stappen naar achteren. Het grijs aan de randen begon langzaam de perfecte diepte te krijgen. Een paarse zweem was van deze afstand nu ook goed te zien. Soms kon het opzetten van een doek weken duren, maar deze keer ging het ongekend rap. Hij twijfelde niet meer. Evi's verdwijning dwong hem keuzes te maken en het schilderij snel af te ronden. Alsof er voor haar dan een extra reden zou zijn om thuis te komen.

Met een borstel probeerde hij onder de kraan de laatste verfvlekken van zijn vingers te krijgen toen Cita belde. Vlug droogde hij zijn handen.

'Lieverd, sorry dat ik net had opgehangen. Dat was belachelijk kinderachtig.'

Ze reageerde niet, maar riep: 'Wist je dat ook al?'

'Wat?'

'Dat Evi een vriend had.'

Eigenlijk had hij geen zin om antwoord te geven. Haar verwijtende toon irriteerde hem meteen weer.

Maar ruziemaken had geen zin. Ze stonden allemaal onder ongelooflijke spanning. Hij moest nu maar eens de wijze in hun relatie zijn. 'William bedoel je? Ja, die is al een tijdje in beeld.'

'Verdomme Joris, waarom heb je dat niet verteld?'

Hij zuchtte diep en aaide Lewis over zijn kop. 'Dat heb ik gedaan. Een paar keer zelfs.'

'Ja, hier naar links. Snel,' riep ze ineens in het Engels. 'Waar ben je?'

'Ik zit in een taxi, met voor het eerst in Azië een slak achter het stuur. Maar wat zei je?'

'Dat ik je al over hem had verteld,' zei hij terwijl hij het dek opliep. De zon prikte op zijn winterhuid. 'Het is een Schot die ze in Ubud heeft leren kennen.'

'Is dat die gast die computergames maakt?'

Hij zakte in een luie stoel en legde zijn voeten op tafel. 'Nou, educatieve milieugames zijn het. Die hij wereldwijd voor middelbare scholen ontwerpt. Hij is nogal succesvol.'

'Wat vind je van hem?'

Hij vertelde dat Evi weleens foto's had gestuurd. 'Hij is rossig en heeft een vrolijk gezicht, met veel sproeten. Evi kan erg om hem lachen en volgens mij is het een lieve en superrelaxte vent.'

'Nou die relaxte klojo is net gearresteerd. Vanwege de verdwijning van Evi.'

Wat?' riep hij zo hard dat Lewis geschrokken kwam aanrennen. 'Wat heeft hij dan gedaan?'

'Ja, hier is het,' begon Cita weer in het Engels. 'Katy kun jij betalen? Dan ren ik alvast naar binnen.'

Hij hoorde dat ze een deur dichtgooide. 'Waar ga je heen?'

'Ik loop nu het politiebureau binnen. Die engerd bleek Evi's mobiel te hebben.'

'Misschien is er wel een logische verklaring voor,' probeerde Joris voorzichtig. 'Ze waren echt heel erg verliefd.'

'Denk je dat serieus nog? Waarom heeft hij dan geen contact met ons opgenomen? Of de politie gebeld?'

'Ik had juist met Katy afgesproken dat zij ons primaire aanspreekpunt zou zijn. En dat zij het verder met William zou afstemmen. Dat leek haar praktischer.'

'Doe toch niet zo vreselijk naïef. Deze vent spoort toch duidelijk voor geen meter!'

Hij wist dat het nu absoluut geen zin had verder met zijn vrouw in discussie te gaan en hij vroeg alleen wat ze op het bureau dacht te gaan doen.

'Die engerd uithoren natuurlijk.'

'Het lijkt me niet dat ze je daar toestemming voor geven.'

'Daar zorg ik wel voor.'

En hoewel de situatie zich er totaal niet voor leende, schoot Joris in de lach. 'Dat geloof ik zo.'

'Wens mij succes,' zei Cita en haar stem klonk rustiger. 'Voor het eerst heb ik het gevoel dat ik iets concreets kan doen.'

'Dat gaat zeker lukken. Bel je mij?'

Nog net voordat ze haar telefoon uitdeed, hoorde hij al hoe overtuigend ze de agent aansprak. Door de pijn die ze met zich meedroeg, zou ze altijd met elke vezel in haar lichaam haar emoties blijven wegdrukken, maar een conflict had ze nog nooit vermeden.

Hij stond op. Het telefoontje had hem rusteloos gemaakt. Evi die maar niet gevonden werd, William die misschien een rare rol had gespeeld, Cita die alles alleen moest oplossen en hijzelf op 11.000 kilometer afstand die niets anders kon doen dan afwachten. Twee jaar geleden had hij op dit moment naar de fles gegrepen, net als zijn vader vroeger ook altijd had gedaan. Maar nu wist hij dat afleiding essentieel was. De beste oplossing was om onmiddellijk met Lewis te gaan wandelen, maar de hond lag wijdbeens op het dek in de zon te slapen. Hij kon het niet over zijn hart verkrijgen het arme beest zijn eigen onrust in te trekken.

En in een ultieme poging om toch enige spanning uit zijn lichaam te bannen, trok hij zijn kleren uit, ging op het dak van de woonboot staan en dook het ijskoude water in.

12

Gusti Ketut Rajendra, de rechercheur die haar een paar uur geleden nog behandelde als een naïeve westerse trut, stond nu braaf aan het eind van de gang op haar te wachten.

Hij stak meteen zijn hand uit. Zijn greep was vederlicht, zoals het hoorde in Bali. Daarmee toonde je respect voor de ontvanger. 'Ik begreep van mijn collega bij de balie dat u deze William zelf even wilde spreken?'

'Ik weet dat het natuurlijk helemaal niet gebruikelijk is,' gaf ze zelf snel toe. De man moest niet het gevoel krijgen dat zijn autoriteit werd ondermijnd. 'Maar misschien krijg ik als moeder meer uit hem. Ik kan naar specifieke details van Evi vragen.'

Een brede glimlach brak zijn hoekige gezicht in tweeën. 'Uitstekend idee. U weet dat hij beweert Evi's mobiel op het feest in bewaring te hebben genomen? En dat hij haar daarna ook niet meer gezien zou hebben?'

Ze knikte. Het leek haar een onwaarschijnlijk verhaal maar dat hoefde Rajendra niet te weten. Ze wilde eerst zelf beoordelen wie deze Schot was. 'Was hij verbaasd toen u hem arresteerde?'

'Volkomen. Hij begon spontaan te huilen, zei dat hij van Evi hield. Liet zich volkomen gaan, erg gênant.'

'Beschamend ja,' bevestigde ze. Emotie op deze manier tonen was in Aziatische ogen een zwaktebod. Ze had het duidelijk niet van vreemden. 'En hoe kwam u bij hem uit?'

Rajendra vertelde dat ze ineens weer een signaal kregen van Evi's mobiele telefoon. Waarschijnlijk was hij weer opgeladen. En dat het toen niet moeilijk was uit te zoeken waar dat vandaan kwam. Hij legde verder uit dat hij met zijn baas had geregeld dat ze nu vijftien minuten met William mocht praten, mits er een agent bij zat die notuleerde. 'Hij zal het gesprek ook beëindigen. Ik moet nu zelf ergens anders heen.'

Ze bedankte hem voor zijn inspanningen en bleef op zijn aanwijzingen in een kleine spreekkamer op William wachten. Er stond een tafel in het midden, drie stoelen eromheen en boven de tafel hing een lamp. Meer was er niet. Zelfs geen raam. Gelukkig was het niet zo koud als in andere publieke ruimtes. Ze haalde haar handen door haar haar en trok haar jurkje recht. Binnen een minuut ging de deur open en een jonge agent leidde een voorovergebogen vent in spijkerbroek en lichtblauw overhemd de ruimte in.

William was aantrekkelijk, lang en zichtbaar fors gespierd. Maar door zijn verlegen oogopslag vanonder zijn lichtgekleurde wenkbrauwen, straalde hij toch ook iets kwetsbaars uit. Hij leek verrast haar te zien en wilde meteen een hand geven. 'U bent de moeder van Evi?'

Ze ontweek de hand en deed een stap achteruit. 'Je bent ouder dan ik dacht.'

'Eenentwintig, net als Evi.' Hij sloeg zijn ogen neer en schoof samen met de agent aan tafel. 'Maar ik voel me veertig.'

Nu pas zag ze hoe moe hij eruitzag. Rode randen om zijn ogen met diepgrijze wallen. 'Ik hoop dat je zo'n wroeging hebt dat je niet kunt slapen.'

Hij keek op en wreef met zijn handen over zijn ogen. Alsof hij hiermee alles wat hij had gezien uit zijn geheugen kon vegen. 'Al drie dagen niet.'

Ze ging tegenover hem zitten. 'Wáár is ze?'

'Ik zou willen dat ik het wist,' zei hij en hij keek haar bijna smekend aan. 'Ik zoek haar ook al dagen.'

'William, waar is Evi?' herhaalde ze en ze greep de rand van haar stoel om de spanning in haar lichaam te kanaliseren. 'Het lijkt me sterk dat je geen idee hebt.'

'Ik weet niet wat ze je verteld hebben, maar ik heb niets met Evi's verdwijning te maken.'

Ze kneep nu keihard in de stoel. 'Gelul.'

'Nee, echt. Ik mis haar juist ook zo vreselijk,' zei hij en zijn ogen vulden zich met tranen. 'Mevrouw, u moet mij geloven.'

Er was iets onderdanigs aan hem wat haar stoorde. 'Waarom?'

'Vanaf het moment dat we elkaar ontmoeten op het nieuwjaarsfeest zijn we onafscheidelijk geweest. Ik zou haar nooit iets aandoen. Nooit!'

Ze wilde hem toeroepen dat hij onzin sprak, anders zou ze als moeder wel van hun relatie hebben geweten, maar ze voelde aan dat als ze kalm bleef, hij meer zou vertellen.

'Goed, vertel dan maar eerst je eigen verhaal over afgelopen zaterdagavond,' zei ze daarom zo beheerst mogelijk. 'Ik luister.'

Hij begon uit te leggen dat het die avond volle maan was geweest, dus dat iedereen veel energie had en dat de dj heerlijke muziek draaide. 'We hadden de hele avond gedanst. Zoals u weet kan ze fantastisch dansen.'

Ze knikte. 'Ga door.'

Hij vertelde nog wat onbelangrijke details over de avond terwijl hij constant aan de knoop van zijn overhemd frunnikte. Ze kon niet inschatten of het gewoon zenuwen waren of dat hij iets te verbergen had.

'Op een gegeven moment wilde ik wat drinken, maar zij wilde per se verder dansen,' legde hij uit. 'Ze gaf mij haar mobiel, ze was bang dat ze hem tijdens het springen zou verliezen.'

Nu zweeg hij even en het viel haar op dat hij helemaal niet bezig was met zijn omgeving. Hij lette niet op de agent, bestudeerde haar niet maar keek alleen naar zijn eigen friemelende vingers.

'Ik had haar beter in de gaten moeten houden,' zei hij uiteindelijk bijna fluisterend.

'Waarom?'

'Ze is mijn meisje,' zei hij en een traan liep tussen de stoppels door over zijn wang. 'Ik hou van haar.'

'Gebruikten jullie drugs?'

Zijn bijna groene ogen keken haar verbijsterd aan. Zijn blik boorde naar binnen.'En dat vraagt u over uw dochter?'

'Ik moet met alles rekening houden,' zei ze en ze schoof ongemakkelijk over haar stoel.

'Niet hiermee,' zei hij nu met een krachtiger stem. 'Evi zou dat nooit doen. Ze kent het effect van verslavingen van te dichtbij. Toch?'

'Misschien daarom juist wel. Alleen die discussie lijkt mij nu niet relevant.' Ze voelde zich door hem op haar nummer gezet, maar wilde het niet laten blijken. Ze moest rationeel blijven. 'En toen? Wat gebeurde er volgens jou nadat je een drankje was gaan halen?'

William vertelde dat hij de volgende ochtend een surfwedstrijd had en op tijd naar huis moest. Op de dansvloer had hij haar nog dag gekust, maar hij was vergeten haar mobiel terug te geven. 'Katy had mij beloofd dat ze samen naar huis zouden fietsen.'

Vreemd, dat had Katy haar nog niet gezegd. 'Hoe laat was dat?'

'Rond middernacht. Het was nog heel druk. Ik denk dat het feest tot vroeg in de ochtend is doorgegaan.'

Ineens schoof de agent zijn stoel naar achter, pakte zijn notitieblok en stond op. 'Het kwartier is voorbij.'

Ze kneep nog harder in haar stoel, maar uit respect naar de agent lachte ze vriendelijk. 'Natuurlijk, ik begrijp het. Veel dank.'

'Kom,' zei de man die zeker een kop kleiner was dan William. Hij pakte zijn arm stevig vast en trok hem omhoog. 'Nu. Meekomen.'

William maakte aanstalten mee te lopen en hij leek nog iets te willen zeggen, maar hij kon duidelijk de juiste woorden niet vinden en zweeg.

'Toch nog een kleine vraag,' zei ze daarom zelf snel. 'Wanneer ontdekte je dat Evi niet thuis was gekomen?'

'Na mijn wedstrijd in Seminyak zouden we lunchen bij de Potato Head Beach Club. Ze kwam niet opdagen. En u weet, ze is altijd op tijd.'

'En wat heb je toen gedaan?' vroeg ze door, maar William werd de deur al uitgeleid. Zijn schouders leken verder voorover te zakken.

'Katy gebeld,' hoorde ze hem nog vanuit de gang roepen.

Ze voelde zich opeens weer duizelig worden. Niet weer een paniekaanval! Ze pakte de rand van de tafel, sloot haar ogen en ademde diep. Denk aan je ontbijt, sprak ze zichzelf toe. Of desnoods aan het *fucking* Wilhelmus.

‘Gaat het mevrouw?’ Ze hoorde Katy’s stem en opende haar ogen. De misselijkheid nam af en ze kon haar blik weer focussen.

Katy stond in de deuropening op haar te wachten. ‘Hoe ging het gesprek?’

Ze zuchtte diep, stond op en legde uit dat het wat bevreemdend was. ‘Hij leek oprecht verdrietig maar was tegelijkertijd ook afwezig.’

‘Dat klinkt inderdaad als typisch William. Nooit helemaal aangesloten. Ik begreep niet zo goed wat Evi in hem zag. Het is zo’n *surfdude*, iemand die niet veel voor elkaar krijgt. Ontkende hij?’

Cita knikte en liep naar de gang. ‘Sterker nog, hij smeekte mij hem te geloven.’

‘Dat zou ik niet doen,’ zei Katy, die een pas voor haar uit liep. ‘Het zou mij niets verbazen als hij wel iets met Evi’s vermissing te maken heeft.’

Ze pakte Katy’s arm. ‘Maar waarom? Hoe dan?’

‘Misschien heb ik het helemaal verkeerd, maar hij had wel af en toe geldnood.’

‘Zou hij haar daarvoor hebben ontvoerd? Dat lijkt mij sterk, dan moet hij ons toch losgeld vragen? Wij hebben van niemand iets gehoord.’

Katy haalde haar schouders open ze negeerde de baliemedewerker die naar haar lachte. ‘Ik zou u graag willen helpen, maar ik weet het ook niet.’

Samen wandelden ze het bureau uit, de hitte in. Het was al donker, maar de vochtige warmte was nog geen graad gedaald. Ze wapperde met haar jurkje. Hoe had ze al die jaren in de tropen overleefd? Ze hield het nu al geen vierentwintig uur vol. 'Nog een vraagje. Zijn jullie aan het eind van het feest samen naar huis gegaan?'

Katy schudde haar hoofd. 'Ik ben nog wat langer gebleven. Evi was erg moe en vond het prima dat ik bleef. Ze is volgens mij met wat vrienden van de Workingplace teruggefietst.'

'Weet je wie?'

'Geen idee. Misschien kunt u het daar nog eens vragen.'

Ze nam zich voor dat inderdaad morgen te gaan doen en nam afscheid van Katy. In de taxi naar het hotel voelde ze pas hoeveel honger ze had. Ze snakte naar een glas pinot noir en een bord spaghetti bolognese: haar ultieme comfortfood. Maar eerst belde ze Joris, die nog steeds niet kon geloven dat William erbij betrokken was. Zelfs niet toen ze vertelde over zijn eigenaardige antwoorden en zijn geldproblemen.

'Het is volgens mij echt een goede vent,' zei hij toen ze tot in detail het gesprek had besproken.

'Als je erbij had gezeten, had je misschien ook anders geoordeeld.'

'Wat een valse opmerking. Je weet dat dat niet kan.'

Ze zag de lantaarns van het hotel in de avondnevel opdoemen. 'Sorry, je hebt gelijk. Ik ben gewoon zo ontzettend moe en heb ongelofelijke honger. Ik kan bijna niet meer normaal nadenken.'

'Begrijp ik,' zei Joris kalm en ze hoorde dat hij een diepe trek van zijn sigaret nam. 'Ga maar lekker slapen. We spreken elkaar morgen weer.'

Ze hing op en zag Hendrad al voor de entree staan.

'Graag een tafeltje in het restaurant,' zei ze toen ze uitstapte en Hendrad groette. 'En een groot glas wijn.'

13

Hendrad maakte een kleine buiging nadat hij haar lege glas had weggehaald. 'Wilt u nog meer wijn?'

Ze schudde haar hoofd en zonder op te kijken las ze verder in haar e-mails.

Maar Hendrad bleef naast haar tafel staan. 'Ibu Cita...?'

Ze stuurde snel een mail weg en keek op. 'Is er nog iets?'

'Meneer Doran staat bij de receptie,' zei Hendrad en hoewel hij normaal een pokerface had, zag ze nu een zweem van ongeloof in zijn ogen. 'Hij komt echt voor u.'

'Ken je Doran Rodriquez dan ook?'

'Wie niet? Alle Balinezen kennen hem. Hij heeft het eiland na de bommen van 2002 gered.'

'Waren dat die aanslagen in Kuta? Er vielen toen toch meer dan tweehonderd doden?'

Hij knikte. 'Daarna bleven de toeristen weg. Maar meneer Doran is blijven investeren. In clubs, hotels en nieuwe projecten. Hij bleef in Bali geloven. Iedereen is hem daar heel dankbaar voor.'

Ze glimlachte. 'Nou, laat hem dan maar snel hierheen komen.'

Hendrad rende bijna de eetzaal uit en ze stopte haar werkpapieren in haar tas. Normaal bracht werken haar gedachten op orde, maar vanavond kon ze zich moeilijk concentreren op de leverancierscontracten en verslagen van vergaderingen. Haar kliniek voelde ver weg. Liposuctie, neusverkleiningen, facelifts en borstvergrotingen leken hier minder van belang. Ze kon nog niet beoordelen of dat nou positief was of niet.

Doran droeg een wit Balinees jasje met een opstaand kraagje. Kaarsrecht liep haar kant op. Hij leek nu meer op een lokale eilandbewoner dan vanmiddag.

'Ik had nog iets van Evi voor u,' zei hij toen hij dichterbij kwam en haar een stevige hand gaf. 'Ik dacht, ik breng het maar meteen. Misschien hebt u er tijdens uw zoektocht nog iets aan.'

'Wat fijn dat u het helemaal hier komt brengen.'

Ze bood hem aan te gaan zitten maar hij bedankte en ze stonden even ongemakkelijk tegenover elkaar.

'Bent u tevreden over het hotel?' vroeg hij uiteindelijk en draaide met zijn arm 360 graden rond om aan te geven dat hij het hele complex bedoelde.

En alsof ze hier het afgelopen uur niet had gezeten, viel het haar nu pas op hoe mooi de tropische tuin verlicht was. Naast de subtiele lampen in de palmbomen zag ze ook tientallen vuurvliegjes boven de rijstvelden wegflitsen. Samen met het gekwaak van de padden op de achtergrond leek het geheel op een scène uit *Eat Pray Love*. 'Het is hier schitterend. Ze verzorgen me goed.'

'Mooi, dat zal ik dan aan mijn medewerkers doorgeven.'

'Ah, u bent de eigenaar, daarom wist u natuurlijk dat ik hier logeerde,' zei ze en ze realiseerde zich tegelijkertijd dat Hendrad zich daarom zo opmerkelijk gedroeg. 'Bezit u meer hotels in de buurt?'

Hij knikte maar ging niet verder in op haar vraag. In plaats daarvan haalde hij een USB-stick uit zijn broekzak. Met een gebaar alsof hij een kostbaar kunstwerk overhandigde, bood hij het op zijn platte hand aan. 'Hier staan de bestanden van Evi op.'

En net als bij het schriftje van Evi twijfelde ze ook nu weer om het aan te nemen. De persoonlijke spullen van Evi brachten haar in verwarring. Haar dochter kwam dan ineens weer zo dichtbij. Ze voelde haar ogen prikken maar slikte net op tijd haar tranen weg. 'Hoe komt u daaraan?' vroeg ze zakelijk.

'Iedereen van de Workingplace bewaart zijn werk op onze eigen cloud. Zo kunnen we binnen het systeem in elkaars documenten werken. Dat stimuleert samenwerking. Dat is toch ons ultieme doel,' legde hij weer met zijn reclamestem uit. 'Maar Evi's documenten heb ik niet ingekeken, hoor.'

'Nogmaals dank,' zei ze en ze pakte nu wel het kleinood aan. Het leek te branden in haar hand.

Doran zei dat hij snel door moest en wilde weglopen, toen ze hem bij de arm pakte.

'Kunt u mij misschien bij de Greenschool introduceren? Ik begreep dat ze daar ook actief was.'

'Ik zorg dat u morgenmiddag een afspraak hebt,' zei hij en legde een hand op haar schouder. 'Maakt u zich niet te veel zorgen. Met zijn allen vinden we haar echt wel.'

Weer moest ze haar tranen wegslikken en ze knikte. 'Dat weet ik.'

Doran draaide zich op zijn hakken om en liep de ruimte observerend terug naar de hal. Hendrad maakte een kleine buiging naar hem en kwam vervolgens haar kant op gedribbeld.

'Nog een jasmijnthee alsjeblieft,' zei ze voordat hij bij haar tafel kwam. 'Met gember graag.'

Ze boog zich over haar laptop en schoof de stick erin. Slechts één document verscheen. *The Barn*, de naam van hun woonboot op de Kaag, maar ook de naam van de studio van Jackson Pollock op Long Island. Joris' favoriete schilder.

Ze wachtte tot Hendrad haar thee had gebracht en pas nadat ze ook het bijbehorende koekje had opgegeten, opende ze het document. Het waren 5.915 woorden en al scrollend zag ze ook foto's voorbijkomen. Veel intrigerende Balinese gezichten, een paar landschappen en twee samen met William.

Ze kreeg het ineens warm. Evi lag geborgen in zijn armen en keek stralend de camera in. Ze zag er ontspannen uit met zachte trekken in haar gezicht. William gaf haar een kus op haar kruin. Dit jonge stel was écht verliefd.

Snel ging ze naar het begin van het document en begon te lezen. Evi had het verhaal in dagboekvorm geschreven, beginnend op 1 januari. Ze schreef veel over haar werk voor tientallen *lumbungs* – oude rijstschuren van twee verdiepingen, behorend tot de gemeenschap, waar dorpsvergaderingen werden gehouden over het zogenaamde *subaksysteem*: het samen onderhouden van de irrigatiesystemen van de sawa's.

Evi wilde graag samen milieuvriendelijke projecten opstarten. Ze hielp met het aanvragen van zonnepanelen en zuiveringsinstallaties.

Cita was onder de indruk van de professionaliteit en gedrevenheid waarmee haar dochter haar plannen uitvoerde. Maar nergens kon ze iets vinden wat een reden zou kunnen zijn voor haar verdwijning. Uit Evi's aantekeningen bleek niets van een mogelijke weerstand tegen haar plannen. En ze las nergens over drugsgebruik of hints naar andere criminele activiteiten.

Tussen de zakelijke informatie stonden persoonlijke ervaringen. Een intensieve yogales, een lunch met een vriendin, picknicken op het strand met William, een bezoek aan de watertempel. Soms schreef ze over een grappig FaceTime-bericht met Joris, maar over zichzelf las Cita bijna niets. Ze kwam alleen op 4 februari voor, de dag dat ze zesenveertig was geworden.

'Mama proberen te bellen. Onbereikbaar. Zelfs op haar verjaardag werkt ze tot laat. Arme papa,' las Cita hardop aan zichzelf voor. Haar stem trilde.

Vijftien woorden, meer waren het er niet. Maar ze vatten waarschijnlijk samen wat Evi over haar dacht. Een overwerkte en ongeïnteresseerde vrouw. Kippenvel trok over haar arm omhoog. Had haar dochter dan niet ingezien dat ze zo hard moest werken om het gezin draaiende te houden? Had ze niet door dat juist zij onder Joris leed en niet andersom? Dat als zij het al die jaren niet had volgehouden, ze allemaal geen normaal leven hadden kunnen leiden?

Ze klapte de laptop dicht en zakte wat onderuit in haar stoel. Een gekko op het dak werd steeds luider, een zweem van de rook van een kreteksigaret zweefde voorbij. Hoe kwam het dat haar dochter zo'n verkeerde indruk van haar had? Wonderlijk eigenlijk, dat ze te druk was geweest dat überhaupt op te merken. En nu was Evi de enige die deze vraag nog kon beantwoorden.

Haar thee was koud geworden en ondanks de warmte kroop een rilling over haar rug. Misschien zou ze wel nooit meer de gelegenheid krijgen haar dochter die vraag zelf te kunnen stellen. Even voelde ze zich weer misselijk worden, maar dit keer ademde ze direct diep in en ging meteen staan waardoor de misselijkheid wegebde.

Geen paniek meer en geen onderdrukte tranen. Ze ging Evi vinden. Daar moest ze niet meer aan twijfelen. Er was nog te veel om tegen elkaar te zeggen. Ze verzamelde haar spullen en liep zo snel het restaurant uit dat zelfs Hendrad niet op tijd bij haar kon zijn.

14

Joris trok het zeil van het sloepje af, veegde het dekschoon en legde twee kussens op het achtersteven. Toen riep hij Lewis, die voorzichtig het gammele sloepje opstapte. Vlug schoot de hond naar voren, draaide een rondje en vlijde zich neer op de punt. Verwachtingsvol keek hij Joris aan.

'Ja, ja, we gaan,' sprak hij hem toe alsof Lewis hem letterlijk begreep.

Joris checkte de benzine, draaide de knop open en startte de motor. Staand voer hij langzaam bij de woonboot weg. Het riet langs de kant knisperde en bewoog op de lichte deining mee. Het strijklicht van de avondzon kleurde de rietkraag goud. Een beeld dat hij vaak in zijn schilderijen had proberen te vangen, maar wat nooit echt was gelukt.

Op de plas voer hij het gas op en de boot schommelde op het water. De wind trok aan en zijn krullen wapperden voor zijn ogen. Dit was voor hem altijd een ultiem gevoel van vrijheid, maar nu voelde het vooral als veredelde bezigheidstherapie. Om maar niet te hoeven denken aan Evi. Ergens alleen, misschien opgesloten, gewond of erger.

Hij draaide het gas nog verder open en Lewis keek verstoord op.

'Verdomme,' schreeuwde hij tegen de wind in. 'Klotezooi.'

De hond sprong geschrokken op en dook tussen zijn benen. De schipper van een zeilboot aan stuurboord gebaarde met zijn hand dat hij het rustiger aan moest doen. Maar in plaats daarvan gaf hij vol gas. Niets leek te helpen. Het roken niet, het varen niet, het wandelen niet, het zwemmen niet. Niets wat hij deed bracht zijn onrust onder controle. Zelfs het telefoongesprek vanmiddag met zijn begeleider Karel had geen fluit geholpen. Vooral het idee dat hij hier zat en niets kon doen vrat zijn zelfbeheersing langzaam op. Natuurlijk was het zijn eigen schuld. En verdiende hij de zware straf, maar jezus, het ging om zijn dochter.

Hij voer rechtuit, het water golfde over de boeg en hij dacht terug aan het frustrerende gesprek met Cita.

Idealistisch maar niet zweverig. Energiek en creatief. Ontspannen en inderdaad heel gelukkig met William. Zo had Cita door de telefoon het document van Evi zakelijk samengevat. Ze sprak wel vol trots over hun dochter maar ze had ook onbewogen geklonken. Vervolgens besprak ze op een systematische manier de mogelijke scenario's van haar verdwijning: ontvoerd door lokale criminelen voor losgeld, misschien toch onder invloed van drugs de weg naar huis kwijtgeraakt, of lag ze inderdaad in een yogaretreat bij te komen van alle activiteiten.

Het echte rampenscenario sprak ze niet uit. En hij had er niet naar gevraagd. Wel hadden ze nog besproken dat het vreemd was dat Katy altijd in de verleden tijd over Evi sprak en dat ze zelf niets over het naar huis brengen van Evi had gezegd. Cita had hem beloofd er morgen naar te informeren. En ze zou naar de politie gaan om te zeggen dat William onschuldig was, want daar was ze nu ook echt van overtuigd geraakt. Hij leek echt van haar te houden.

Daarna was Cita gaan slapen en was hij met een heel onbevredigend gevoel achtergebleven. Alsof hij met een vage bekende over de vermissing van een kennis had gesproken. Het gesprek was totaal emotieloos verlopen. Net als twee maanden geleden bij een van zijn laatste therapiesessies. Zijn psycholoog Bas had toen gevraagd of Cita ook een keer wilde komen. Ze hadden zijn neiging tot depressie besproken en dat hij die met drank probeerde te beheersen. En over hoe zwaar alcoholisme voor partners kon zijn.

Cita had er net zo onaangedaan bijgezeten als ze nu had geklonken. Bijna afgestompt. Bas had nog geprobeerd haar gebrek aan emoties te bespreken maar ze had alles afgehouden. Toen hij over het verlies van haar ouders was begonnen, had ze hem woedend aangekeken. Boos omdat hij haar verdriet met zijn psycholoog had besproken. En zonder verder nog iets te zeggen, was ze uit het gesprek weggelopen.

De wind trok aan en zijn sloep maakte meer water. Hij nam gas terug. Lewis ontspande en ging staan.

'Brave hond,' mompelde hij en hij aaide gedachteloos de zachte vacht onder Lewis' kin.

Na Cita's vertrek uit de sessie, had Bas haar een paar keer proberen te bereiken maar ze had hem voortdurend genegeerd. Het ongeluk van haar ouders bleef onbespreekbaar. Aan de ene kant had hij er begrip voor. Het verdriet was te groot om te kunnen bevatten. Maar ze wist ook dat ze niet de enige was die diep leed moest verwerken. Op haar aandringen was hij zelf wel de strijd met de nare gebeurtenissen in zijn leven aangegaan. En met redelijk succes, de dood van zijn vader domineerde niet meer zijn stemmingen en het door hem veroorzaakte ongeluk achtervolgde hem niet meer elke seconde van de dag.

Heel af en toe kwamen er ook barstjes in haar schild. Maar vaker betekende het dat ze zich ook afsloot voor fijne gevoelens en steeds onverschilliger werd. Het was allemaal zo frustrerend.

'*Fuck*,' schreeuwde hij tegen de wind in en hij maakte een scherpe bocht naar links. Schuin hangend voer hij richting Kaageiland.

'Er is maar één ding dat echt helpt,' mompelde hij tegen zichzelf en hij voer naar de steiger van het Kompas, zijn favoriete café aan de plas. Een oude boerderij met rieten dak en weids uitzicht over het water. Pretentieloos, met simpele stoeltjes op de kade en vaste stamgasten. Geroutineerd legde hij naast een Valkje aan en sprong met Lewis in zijn armen op de kant. Hij vond nog een lege stoel in de avondzon en nam plaats naast een hoogbejaard stel dat samen een sudokupuzzel bestudeerde. Lewis viel meteen onder zijn stoel in slaap en hij wenkte Jan. De oudste ober uit de bediening.

'Zo, de artiest is weer terug,' denderde Jans beruchte zware rookstem over het terras. Zijn gebrul had menig cafégevecht op tijd onderbroken. Met een ouderwets opschrijfblokje met het Heineken-logo prominent bovenaan, kwam hij direct naast hem staan en gaf hem een klap op zijn schouders. 'Is het schilderseizoen weer begonnen?'

Joris knikte en legde uit dat zijn vrouw en dochter de komende dagen in het buitenland waren en dat hij dus wel vaker zou komen eten. 'Zoals je weet Jan, kunnen wij mannen toch niet echt voor onszelf zorgen.'

'Alles goed jongen,' zei Jan en viste een potlood achter zijn oor vandaan. 'Wordt het weer een kipsateetje?'

'Yep. Geen brood, wel friet,' antwoordde Joris snel en zonder hem aan te kijken voegde hij eraan toe. 'Plus een wodka-cola.'

Jan kuchte luid. 'Weet je het wel zeker, jongen?'

'Eén kan geen kwaad,' loog hij.

Nu keek hij Jan wel aan en hij zag dat de man twijfelde. En terecht. Hij had hem vaak bijna in coma naar een van de goedkope hotelkamers boven het café gesleept.

'Zonder alcohol is een cola lekkerder,' zei Jan uiteindelijk.

Joris lachte. 'Dat zal best. Maar ik kan het handelen. Eentje na een dag zware arbeid mag.'

Jan wilde nog iets zeggen maar de bejaarde man naast hem was hem te snel af. 'Zeur niet zo Jan. Geef die vent zijn verdiende beloning.'

De oude ober fronste maar reageerde niet en liep weg.

Joris knikte vrolijk naar zijn buurman. Al voelde hij zich niet zo. Flitsen van schaamte, schuld en zwakte schoten door hem heen. Niettemin kon hij de behoefte aan verdoving niet meer beheersen. Het gemis van Evi schraapte hem vanbinnen leeg en rukte ook weer al het oude verdriet los. En helemaal niets anders had geholpen.

Een windvlaag blies de menukaarten over het terras. Hij stond op en op zijn hurken verzamelde hij ze alle tien. Toen hij opkeek, stond Jan alweer naast zijn tafel. Een glas melk in de hand. Hij keek hem even recht aan, zette het glas midden op tafel en bleef zwijgend staan.

Joris riep Lewis, draaide zich om en liep zonder om te kijken het terras af.

15

Cita zat bij Casa Luna en begreep direct waarom Evi hier graag kwam. Het was niet hip, maar wel eigentijds. En de Australische eigenaresse, die met een Balinees getrouwd was, werkte duidelijk met respect voor alle verborgen Balinese rituelen. Zo leken de tafeltjes op het eerste gezicht willekeurig geplaatst, maar als je beter keek stonden ze allemaal in de juiste richting ten opzichte van het noorden en zuiden. En was er een vijver met goudvissen bij de ingang om de kwade geesten in op te vangen. Ook het eten was met gevoel voor het eiland gemaakt.

Ze prikte in haar vruchtensalade en bekeek het lijstje van Evi's favoriete plekken die ze vandaag nog wilde bezoeken. Radiantly Alive, de yogaschool stond bovenaan. Ze had Katy gisteravond geappt dat ze haar nog wat wilde vragen en ze had voorgesteld naar haar les te komen. Dan konden ze daarna even bijpraten. Een yogales leek Cita niets, maar Evi had ervan genoten, dus ze wilde het zeker een keer proberen.

Eerst moest ze Gusti Ketut Rajendra bellen, maar ze kreeg hem niet meteen aan de telefoon. Hij bleek in een ondervraging te zitten. Ze zei dat ze wel even kon wachten en al na twee minuten hoorde ze toch plots de zware stem van de rechercheur.

'Mevrouw, wat kan ik voor u doen?'

'Ik wilde u nog wat informatie geven over William,' zei ze en ze besefte ineens dat ze zijn achternaam niet eens wist. 'De verdachte bij de zaak van mijn dochter Evi. Hij kan het niet...'

'Over die William MacLeod hoeft u zich geen zorgen te maken,' onderbrak de rechercheur haar. Hij klonk gehaast. 'Hij heeft vannacht toegegeven dat hij meer weet van Evi's verdwijning.'

'Wat?'

'Ja, na een beetje druk begon hij te bekennen. Ik denk dat het niet lang meer duurt voordat hij alles zal opbiechten.'

'Wat opbiechten? Waar is ze dan nu?'

Rajendra kuchte. 'Daar kan ik gezien het lopende onderzoek nog niets over zeggen. Maar alles komt goed. Ik verwacht dat u haar uiterlijk morgen weer kan vasthouden.'

Het leek alsof ze een vacuüm werd ingetrokken. Ze voelde niets. Haar lichaam leek niet te bestaan. Ze draaide langzaam met haar rietje een rondje in haar papajashake.

'Dat is goed nieuws,' zei ze met een vlakke stem die

ze niet herkende. 'Dan hoor ik het morgen wel.'

'Zodra ik meer weet, bent u de eerste die ik bel,' verzekerde hij haar en hij hing meteen op.

Ze keek naar haar telefoon alsof hij in goud veranderd was. Vol ongeloof over wat ze had gehoord. Ze wist niet wat ze hier nou weer van moest denken. Had Katy dan toch gelijk dat William niet te vertrouwen was? Net nu ze zelf overtuigd was dat hij er niets mee te maken had?

Haar eerste reflex was om meteen Joris te bellen maar ze bedacht zich net op tijd dat hij waarschijnlijk diep in slaap was. Daarom drukte ze op Leelahs nummer, maar kwam daar niet verder dan de voicemail. Ze sprak in dat Leelah haar zo snel mogelijk moest terugbellen, legde vervolgens meer dan genoeg roepia's voor het ontbijt neer en pakte haar spullen bij elkaar. Katy was nu de enige die haar misschien verder kon helpen. Want of ze nou naar haar intuïtie probeerde te luisteren of rationeel de feiten op een rijtje zette, in beide situaties kwam ze geen stap verder. Ze was nu anderhalve dag in Ubud en Evi leek verder weg dan ooit, hoewel Rajendra net het tegenovergestelde beweerd had.

Zelfs op dit vroege tijdstip was de Jalan Raya Ubud alweer gevuld met stinkende busjes en toeterende scooters. Lopend in haar trainingsbroek had ze het nu al warm. Toeristen sjokten ook verhit voorbij over de smalle stoep, waarbij ze constant aangesproken werden of ze niet een taxiritje of massage nodig hadden. En bij het voormalige koninklijke paleis tegenover de markt was het nog drukker dan gisteren. Honderden mannen droegen meterslange bamboestokken rond en draaiden lange zijden slierten in elkaar. Toen ze opkeek zag ze een gigantisch zwart stoffen paard op een verhoging voor de ingang van het paleis staan, met een zeker twintig meter hoge bamboetoren ernaast.

Hoewel ze zich opgejaagd voelde, kon ze het niet laten even te blijven kijken. Een gamelanorkest repeteerde en de leden maakten grappen met elkaar. Vrouwen liepen in felgekleurde kabaja's en sarongs met offermanden op hun hoofd in een rij achter elkaar de bijhorende tempel in. Het leek op het eerste gezicht een door elkaar lopende chaotische menigte, maar nu ze de activiteiten wat langer bestudeerde zag ze dat iedereen precies wist wat hij deed. Op een ontspannen manier werden vertrouwde rituelen uitgevoerd.

'Wat gebeurt hier?' vroeg ze een oudere man die net uit een plastic zakje met een gelige substantie een grote slok nam.

'De schoonmoeder van de prins is drie weken geleden overleden,' antwoordde hij in vlekkeloos Engels. 'De priesters zeiden dat volgende week donderdag de crematie moet plaatsvinden.'

'Misschien ben ik er dan nog.'

De man keek verheugd en legde beleefd uit dat het natuurlijk een grote eer was om straks de ceremonie te mogen volgen. 'U hebt veel geluk als u het straks kunt zien.'

Ze knikte maar kon zich niet bedenken waar dat geluk uit zou moeten bestaan. Inmiddels liep het zweet in straaltjes over haar rug en besloot ze aan de overkant van de straat in de schaduw verder te lopen. Zonder problemen kon ze het straatje van de yogaschool vinden en vond ze het bescheiden naambord. Daarna zag ze de smalle ingang met een groot raam waaropeen lotusbloem geschilderd was. Een schoolbord gaf in krijt de lessen van de dag aan: VINYASA, HATHA, GENTLE FLOW, MYSORE. Ze had geen idee wat ze betekenden en al helemaal niet welke klas Evi's favoriet was. Maar dat zou Katy haar straks waarschijnlijk allemaal uitleggen. Haar eigen vinyasales begon om negen uur.

Via een klein winkeltje met yogakleren stapte Cita de school binnen. Veel bamboe, een donkere betonnen vloer en wat jonge vrouwen zaten zachtjes pratend naast elkaar op grote poefen. De geur van wierrook hing zwaar in de lucht. Het in grijs geklede meisje achter de balie, dat volgens haar naambordje Alice heette, keek haar vriendelijk aan en vroeg of ze haar kon helpen.

'Ik wil graag een les nemen. De vinyasa van negen uur,' zei Cita en ze had daarbij duidelijk hulpeloos gekeken, want Alice legde meteen uit dat er een matje en handdoek klaarlagen, dat een flesje water verplicht was en dat het niet uitmaakte welk niveau ze had. Iedereen kon meedoen, verzekerde ze.

'Maar er is alleen een probleempje,' zei Alice en ze boog wat over de balie heen, alsof ze haar een geheim wilde vertellen. 'De docente is er zelf nog niet.'

Cita keek op haar horloge. 'Maar de les begint al over vijf minuten.'

'Ik begrijp het ook niet.' Alice haalde haar schouders op. 'Meestal is ze ruim op tijd.'

'Behalve als ze naar een feestje is geweest,' reageerde een wat ouder meisje dat achter de balie plaatsnam. Ze heette Melissa, had een hoge paardenstaart, sprak met een zwaar Australisch accent en keek een stuk minder vriendelijk. 'En dat gebeurt de laatste tijd irritant vaak.'

Alice leek zich te generen voor het uit de school klappen van haar collega en rommelde zwijgend in een la.

'Dat begrijp ik,' reageerde Cita snel. Ze wilde juist wel graag met dit boze meisje in felgekleurde yogakleding verder praten. 'Waarschijnlijk komt ze zo.'

'Misschien,' zei Melissa en ze keek op de klok aan de muur. 'Ik geef haar nog twee minuten.'

Cita liep om de balie heen en stak haar hand uit. 'Ik ben trouwens de moeder van Evi. Misschien kennen jullie haar? Ze kwam hier vaak meen ik.'

Ineens verzachte het gezicht van de Australische en ze pakte allebei haar handen. 'Ach mevrouw, ik vind het zo verdrietig. Evi was een lieve en bijzondere vrouw.'

'Is,' corrigeerde Cita haar vlug. 'Evi is bijzonder.'

'Natuurlijk,' zei Melissa en ze streelde Cita's handen. 'En ze was met alles altijd zo enthousiast. Ze...'

Ineens vlogen de deuren van de yogazaal open en zeker tien cursisten liepen druk in gesprek de hal in.

'Sst, zachtjes,' fluisterde Alice naar de groep en ze wees naar het paarse bordje boven de balie. WHISPER ZONE.

'Ja, dat zal wel,' zei een man met blote bast en een sportbroekje. 'Normaal vind ik het prima om te fluisteren, maar Katy is weer niet op komen dagen.'

Melissa liet Cita's handen los en liep de groep tegemoet. 'Ze is inderdaad onverwacht verlaat. Ga maar naar binnen. Ik neem de les over.'

De Australische draaide zich naar Cita om. 'Doet u mee?'

Nee natuurlijk niet, wilde Cita roepen, maar tot haar eigen verbazing zei ze ja en ze volgde de groep de zaal in. Een geboende houten vloer, grote ramen met zicht op de jungle en een hoog dak met ronddraaiende ventilatoren. In deze rustgevende ruimte ontspande Evi vast zodra ze binnenkwam, maar zelf voelde Cita zich nog steeds onrustig. Desondanks ging ze op een matje zitten en volgde de aanwijzingen van Melissa die met een zachte maar dwingende stem de eerste ontspanningsoefeningen uitlegde.

'Focus je op de geluiden van buiten en neem ze dan langzaam mee naar binnen. Adem door je linkerneusgat en daarna door je rechter. Laat de lucht langzaam door je heen stromen.'

En met haar ogen dicht, haar benen in de lotushouding en vanuit haar buik ademend, gleed de spanning langzaam van Cita's schouders af. Buiten herkende ze het schelle geluid van een ijsvogel. Een tinteling schoot door haar lichaam en in gedachten was ze plotseling terug in hun kleine tuin in Bangladesh. De vijver met de lotusbloemen, de paarse orchideeën, de cassavebomen en het orkest van verschillende vogelgeluiden. Leelah rende achter haar aan en ze verschuilde zich tussen de benen van hun moeder. Cita hoorde haar moeders lach maar kon haar gezicht niet zien. Wel voelde ze de warmte van haar zachte benen en haar wapperende rok gleed over haar wangen. Een diepe rust viel over haar heen. Hier was alles goed geweest. Ze wilde haar moeder roepen, maar haar keel kneep samen, ze hapte naar adem en was weer terug in de yogazaal.

Ze voelde een koele tocht, een deur ging open. Voetstappen snelden naar voren. Ze hoorde Alice fluisteren. Cita opende haar ogen en ze keek recht in het verschrikte gezicht van Melissa.

'Ik beëindig de les,' zei de Australische met een gebroken stem. Ze haalde haar benen uit de kleermakerszit en met enige moeite stond ze op. 'Ik hoor net dat Katy vannacht een scooterongeluk heeft gehad. Ze is... ze is... dood.'

16

Samen met Alice en Melissa stapte Cita de Toya Medika Clinic binnen. De typische Aziatische ziekenhuisgeur van overvloedige Dettol vermengd met een zweem van zoete bloemen prikte in haar neus.

Meteen werden ze opgevangen door een verpleegster die hen naar een sobere wachtruimte bracht. Een rij grijze stoelen was leeg maar ze bleven alle drie toch staan. Nog steeds verbijsterd. Alice had in de taxi gehuild maar Melissa en zij hadden naar buiten gestaard. Vol ongeloof over Katy's dood.

De ruimte was ook nu weer ijskoud en Cita sloeg een sjaal om haar schouders. Op een klein tafeltje stond een thermoskan met een paar plastic bekertjes. Normaal had ze het drinken van dit water met onbekende herkomst niet aangedurfd, maar nu maakte het haar niets meer uit. Ze schonk voor hen alle drie een kopje in en ijsbeerde door de kamer.

Net toen ze Melissa wilde vragen of Katy en Evi in haar ogen goede vriendinnen waren geweest, stapte een jonge Balinese dokter de ruimte binnen.

'Bent u familie?' vroeg hij. Zijn voorovergebogen houding straalde verlegenheid uit, maar zijn donkere ogen die achter een rond brilletje schuilgingen ontgingen niets.

Ze schudden alle drie van nee.

'Vrienden,' zei Melissa en dronk haar beker in een keer leeg. 'En daarnaast ben ik haar werkgever.'

'Ik ben dokter Wayan. Gecondoleerd met uw verlies,' formuleerde hij plechtig.

Melissa knikte. 'Dank u wel.'

'Verdrietig. Zo'n jong leven in een keer verwoest. Ze had vast...'

'Ik was haar noodnummer,' onderbrak Melissa de jonge dokter. De rust die ze eerder als docent uitstraalde was verdwenen en ze had duidelijk geen behoefte aan beleefdheden. 'En ik heb net haar moeder ingelicht. Ze arriveert vanavond uit Canberra.'

'Dan zal ik hier blijven om haar op te vangen,' zei dokter Wayan met een soort ernst in zijn stem die bij zijn beroep paste. 'Er moeten nog veel zaken worden geregeld.'

'Dat is verstandig,' zei Melissa met een naar binnen gekeerde, wat afwezige blik. Cita kon niet inschatten of ze verdrietig was of in haar hoofd al de zakelijke kant aan het regelen was.

Even zwegen ze, wachtend, zonder te weten waarop. Toen deed Melissa een stap naar voren. 'Kunnen we nu Katy zien? Om afscheid te nemen?'

De dokter leek geschokt. 'Dat raad ik sterk af. Haar lichaam is verminkt door het ongeluk. Nadat ze in het ravijn was gereden, is de scooter in brand gevlogen.'

Alice begon hartverscheurend te huilen en rende de kamer uit. Zelf voelde Cita een misselijkheidsgolf opkomen, maar ze nam snel een slok en ging zitten.

Melissa bleef onbewogen: 'Was ze onder invloed?'

De jonge dokter wreef in zijn handen, zichtbaar niet op zijn gemak met de directheid van de Australische. 'We hebben inderdaad een forse hoeveelheid alcohol en drugs in haar bloed gevonden. Vooral cocaïne.'

In een reflex pakte Cita de rand van de stoel. Cocaïne. Het woord zoemde door haar hoofd. En ineens zag ze Katy weer voor zich. Trekkend aan haar neus, gejaagde blik, wallen en ingevallen wangen. Ze was natuurlijk verslaafd geweest. Allemachtig, waarom had ze dat niet eerder gezien? Hoe had ze zo stom kunnen zijn?

'Dat verbaast mij niets,' reageerde Melissa meteen. En dat had mij ook niet moeten verbazen, reageerde Cita in gedachten er direct achteraan.

Even leek het alsof de arts hier nog meer over wilde zeggen, maar hij knikte kort en deed een stap achteruit. 'Mijn excuses, ik moet weer verder. Hier is mijn nummer voor als u meer vragen hebt.'

Melissa bedankte de dokter en nam zijn kaartje aan. 'Was ze eigenlijk op slag dood?'

Opnieuw voelde de arts zich merkbaar oncomfortabel en kneep harder in zijn handen. Hij nam de tijd voor een passend antwoord. 'De politie heeft haar snel gevonden en toen was ze helaas al overleden. Ik denk dat ze niet veel heeft geleden.'

'Gelukkig,' zei Cita terwijl ze opstond.

In stilte liepen ze kort daarna samen de gang in. Dokter Wayan sloeg linksaf en rechts in de hal troostte de verpleegster Alice. Ze had een arm om haar heen geslagen en sprak sussende woorden. Maar over Alice' schouder heen keek ze hen vragend aan.

'Ja, ik breng haar naar huis,' beantwoordde Melissa de vraag die niet hardop gesteld was. Ze nam de nog nasnikkende Alice van de verpleegster over en trok haar dicht tegen zich aan. 'Ik had de taxi gevraagd om even op ons te wachten. Wilt u met ons mee?'

Cita schudde haar hoofd en vertelde dat ze behoefte had aan een wandeling. Om alles rustig te kunnen laten bezinken. Melissa leek het te begrijpen en ze namen afscheid met de belofte elkaar te informeren over de ontwikkelingen rond Evi.

De meisjes verdwenen door de schuifdeur maar voordat Cita ze kon volgen, legde de verpleegster nog een hand op haar schouder en keek haar recht aan. Haar met kohl omrande ogen staken fel af bij haar bleke gezicht. 'Katy is niet de enige.'

'Niet de enige?' vroeg Cita en ze zag buiten de taxi met de meisjes al wegrijden. 'Wat bedoelt u?'

De verpleegster deed haar kraag van haar witte jasje wat omhoog en keek rond of anderen meeluisterden, maar de hal was verder uitgestorven. 'De laatste paar jaar hebben veel jonge mensen 's nachts dodelijke ongelukken gehad.'

'Dat is toch redelijk normaal,' reageerde Cita ogenschijnlijk rustig. Maar haar hart klopte in haar keel. 'Jonge mensen zijn nou eenmaal minder voorzichtig.'

'Misschien. Maar rijden jonge mensen dan ook allemaal na een feest een ravijn in?'

Het leek alsof Cita in haar maag werd gestompt en ze greep zich vast aan de muur. In gedachten zag ze Evi al op haar fiets een donkere afgrond in rijden. Misschien had ze wel om haar geroepen? Lag ze misschien nog ergens pijn te lijden? Of erger? Ze schudde haar hoofd alsof ze daarmee haar gedachten kon laten verdwijnen.

'Nee, dat is gewoon stom toeval,' zei ze met een luide stem die toch niet overtuigend klonk. 'Ongelukken gebeuren gewoon.'

De verpleegster keek haar nu boos aan. 'Misschien bij u thuis, maar hier op Bali niet. Hier gebeurt alles met een reden.'

En nog voordat Cita kon reageren liep de verpleegster zonder omkijken de lange gang in. Cita vluchtte de kliniek uit. Op straat bleef ze staan en liet de drukte langs zich heen glijden. Haar oog viel op een rode hibiscus die uit een bergje afval omhoogstak en ineens wist ze waar ze naartoe wilde.

17

Met grote stappen en een man met een mand met kippen op zijn scooter ontwijkend stak ze Jalan Wanara Wana over. Ondanks de verzengende hitte rende ze bijna de licht dalende weg af. Ze moest als ze zich het goed herinnerde aan het eind hiervan links omhoog.

Bij een groot gat in de stoep waar ze net op tijd overheen kon springen, herkende ze de houten warung waar ze met Katy langs was geschoten. Ze liep de hoek om en volgde het zandpad, knikte naar een jonge vrouw aan de overkant die in een blauw gehaakte kabaja voor haar huisaltaartje knielde en stond uiteindelijk stil voor Evi's huis.

De vervallen staat van het huisje paste bij haar gevoel van verlorenheid. Ze opende het krakende hek en probeerde de deur. Op slot natuurlijk. Met haar hand volgde ze onderzoekend de richel boven de ingang, maar helaas vond ze geen sleutel. Ook onder de bloempot op de veranda lag er geen. Toen viel haar blik op een wierookpotje naast de deur, groef instinctief wat onder de as en voelde een warm geworden sleutel in haar hand.

Haar hand trilde toen ze hem in het slot stak. Ze ademde twee keer diep voordat ze de deur opende. Een muffe lucht overviel haar. In het halfdonker zag ze een bakje rijst op tafel staan, waarin een kakkerlak zich al genesteld had. In de gootsteen stonden vieze opgestapelde glazen, beide bedden leken beslapen. Bijna instinctief begon ze met opruimen. Ze gooide de luiken open, veegde de vloer aan, verzamelde vieze kleren en deed de afwas.

Toen ze de lakens rechttrok vond ze onder Katy's bed het verwachte spiegeltje, scheermesje en pijpje. Op handen en voeten kroop ze door over de vloer en checkte ook onder haar dochters bed. Niets. Ze trok Evi's nachtkastje open en rommelde tussen haar kleren. Nergens vond ze bewijs van drugsgebruik.

Ze zou opgelucht moeten zijn, maar voelde zich eigenlijk vooral een verrader. Een hysterische moeder die haar eigen kind niet vertrouwde.

Een intense moeheid overviel haar en volledig bezweet zakte ze op een stoel neer. Het huisje was nu schoon maar het leek alsof ze daarmee ook de aanwezigheid van de meisjes volledig had weggepoetst.

En voor het eerst sinds het bericht over Katy's dood begon ze te huilen. Ze liet haar hoofd voorover op tafel rusten en liet zich gaan. Maar de tranen luchtten niet op. Ze voelde zich leeg en had geen flauw idee wat ze nu moest doen. Wachten op een bericht van de rechercheur? William nog een keer opzoeken? Terug naar haar hotel gaan? Een brede zoektocht naar Evi opzetten? Normaal had ze geen moeite met beslissingen nemen, maar alle keuzes maakten haar nu angstig. Bang dat ze details zou missen waardoor ze Evi nooit meer zou terugvinden.

Bijna doezelde ze weg toen een ringtone de rust doorbrak. Ze hengelde haar mobiel uit haar trainingsbroek. Leelah op FaceTime.

'Lieverd, wat fijn dat je belt!'

'Natuurlijk bel ik je. Maar ik moest eerst mijn les op het weeshuis afmaken.' Leelahs harde stem galmde door de telefoon en vulde de lege ruimte. 'Weet je al meer over Evi? Waar zit je eigenlijk?'

Cita liet Evi's huisje zien, vertelde over Katy's gruwelijke dood, de ontwikkelingen rond William en de onthullingen van de verpleegster. Leelah luisterde zeer aandachtig, zonder haar te onderbreken. En al pratende kwam Cita steeds meer tot rust. Door chronologisch verslag te doen van de gebeurtenissen kon ze eindelijk haar eigen gedachten beter ordenen.

'En nu zit ik hier, dicht bij Evi's spullen maar zonder een idee wat ik moet doen,' besloot ze.

'Kom even hier,' zei Leelah en ze maakte een gebaar alsof ze haar wilde knuffelen. 'Je doet het juist hartstikke goed. Heel knap hoe je zo rustig blijft. Ik zou helemaal doordraaien. Maar jij blijft maar logisch nadenken.'

Eigenlijk wilde Cita zeggen dat ze af en toe wel instortte, maar de complimenten van haar zusje voelden zo goed dat ze haar een handkus toezwaaide. 'Dank je. Dat had ik even nodig.'

Ze kwamen tot de conclusie dat Cita de rechercheur snel moest spreken – om te informeren hoe de verhoren met William gingen.

'Maar nu bel je eerst Joris,' zei Leelah en ze hield streng haar vinger in de lucht. 'Doen hoor. Hij moet weten wat er speelt.'

'Het is daar zes uur 's ochtends,' stribbelde ze tegen.

'Wat maakt dat nou uit? Het gaat toch om jullie dochter!'

Cita knikte. 'Je hebt gelijk, maar ik heb er niet altijd zin in. We maken de laatste tijd zoveel ruzie.'

'Logisch,' zei Leelah en ze woelde gedachteloos met haar handen door haar haar. Het vertrouwde gebaar maakte dat Cita haar zus nog meer miste. 'Jullie staan onder enorme spanning. Al tijden trouwens.'

'Goed, ik doe het. Beloofd!'

Ze namen afscheid met een zoen tegen het scherm en Cita belde meteen daarna Joris. Zonder resultaat. Ook bij een tweede en derde keer kreeg ze geen gehoor. Geïrriteerd stuurde ze er een bericht achteraan. *'Waar ben je?!'*

Ook Rajendra bleek onbereikbaar. Hem stuurde ze een sms met de vraag of hij haar kon terugbellen. Snel maakte ze van de laatste losse spullen op tafel nog een keurig stapeltje en zag ineens in haar ooghoek een lijstje met telefoonnummers liggen. De lange hanenpoten waren zeker niet van Evi. Onderaan zag ze 'mummy' staan, met een dikke streep eronder en een mobiel nummer erachter.

Zonder te twijfelen tikte ze het nummer in en geheel tegen haar verwachting in, hoorde ze meteen een vrouwenstem.

'Ja?'

'U spreekt met Cita Wolters, de moeder van Evi.'

'Wie?'

'Cita, de moeder van Evi,' herhaalde ze.

Het bleef even stil maar toen klonk de stem ineens heel luid. 'Ik weet niet wie u bent. Wilt u mij niet storen.'

'Niet ophangen,' riep Cita snel. 'Evi kende Katy goed. Ze woonden hier samen in Ubud.'

'Dat kan niet. Mijn dochter woonde met niemand samen.'

Nog voordat Cita meer kon vertellen had de vrouw al opgehangen. Ze keek verbaasd naar haar mobiel alsof daar ineens een verklaring uit zou komen. Maar nog een keer bellen had zeker geen zin. Daarom tikte ze voor de vrouw een lang bericht met verdere uitleg en het aanbod haar te helpen zodra ze op Bali was geland. Daarna kroop ze weer onder het bed, pakte de coke-attributen en gooide alles in de vuilniszak die ze meteen dichtknoopte om mee te nemen.

Ze sloot de deur af, legde de sleutel wat beter in het zicht terug en sloeg de vuilniszak over haar schouder. Mocht Katy's moeder hier ooit komen, dan was in ieder geval al het bewijs voor haar drugsgebruik verdwenen. Ze draaide zich om naar de tuin en het viel haar nu pas op hoe mooi de gele frangipaniboom was gaan bloeien. De bloem die alle vrouwen in hun haar dragen als teken van loyaliteit aan hun man. Ze plukte er een paar en wilde weglopen toen ze achter in de tuin iets zag bewegen.

'Wie is daar?'

Niemand reageerde, maar vanachter de palmen kwam nu wel luider geritsel.

'Wie is daar?' vroeg ze opnieuw en ze liep in de richting van de bomen.

En ineens zag ze de jonge vrouw in haar blauwe kanten *kabaja* op haar knieën voor het betonnen huisaltaar zitten. Een gevouwen palmblad met roze bloemetjes en wat vruchtjes en rijstkorrels in haar handen. Ze keek op en glimlachte verlegen.

'Voor de goden. Kunnen de meisjes goed gebruiken,' zei ze in gebrekkig Engels.

En zonder iets te zeggen, kroop Cita op haar knieën naast de Balinese en legde de frangipanibloemen erbij. Samen staken ze twee wierookstokjes aan en vouwden hun handen.

En heel zachtjes fluisterde Cita: 'Voor mijn lieve Evi.'

18

Joris maakte de laatste knoop bij het aanleggen van de sloep vast en blies in zijn handen. Het was een koude ochtend. Een lage mist hing als een deken over de plas. Lewis sprong in één keer uit het bootje en samen liepen ze over de kade naar The Barn. Het viel hem op dat er al iemand voor hem was geweest. In de rijp die tijdens de heldere nacht op het hout was ontstaan, zag hij voetstappen. Typisch, zo vroeg.

Op zijn hoede liep hij door naar zijn woonboot en keek om zich heen of hij iets afwijkends zag. Maar het was doodstil en de andere boten aan de kade waren nog afgesloten. De eigenaren kwamen vaak alleen in de weekenden als het echt lekker weer was. Het was juist die absolute rust die hij hier zo heerlijk vond.

De treeplank was nu nog gladder en samen met Lewis glibberde hij naar de boot. Tot zijn verbazing was zijn voordeur niet op slot. Misschien had hij gisteren in zijn obsessie om zo snel mogelijk naar Het Kompas te vertrekken, vergeten de boel af te sluiten.

Lewis schoot blaffend tussen zijn benen door naar binnen en begon driftig door de ruimte te snuffelen. Met zijn neus strak over de grond leek hij een nieuw spoor te volgen. Waarschijnlijk van muizen die 's nachts vrij spel hadden gehad.

'Het is goed jongen,' sprak hij zijn hond kalmerend toe en ondertussen gooide hij hout in de kachel. 'Doe maar rustig.'

Maar pas toen Joris zijn bak met eten voor zijn neus had neergezet, bedaarde Lewis wat. Voor zichzelf maakte hij muesli en deed het koffiezetapparaat aan. Daarna trok hij zijn mobiel uit de oplader. Gisteren was hij hem vergeten, onverantwoord natuurlijk met Evi's verdwijning, maar eigenlijk had hij het ook heel rustig gevonden. Even volledig afgesloten van de wereld. Alleen aan de hoeveelheid gemiste oproepen zag hij nu wel dat het echt onverstandig was geweest. Een was van Karel, zijn begeleider bij de reclassering, twee van Leelah en Cita had al vijf keer gebeld.

Hij schoof aan tafel. En met het vertrouwde schuldgevoel dat alweer onder zijn huid kroop, belde hij als eerste Cita terug.

'Hee, je bent wakker,' klonk de verrassend ontspannen stem van zijn vrouw. 'Ik ook net. Ik had even een middagdutje gedaan.'

En nog voordat hij kon zeggen hoe verstandig hij dat van haar vond, begon ze in snel tempo te vertellen wat er de laatste uren op Bali was gebeurd. Tot in detail deed ze verslag van elk gesprek en iedere recente ontwikkeling. Af en toe hapte hij bijna naar adem, maar hij kreeg absoluut geen mogelijkheid om vragen te stellen. Cita ratelde maar door. Alleen na het verhaal over Katy's dood, bleef ze ineens stil.

'Wat vreselijk,' kon hij alleen maar zeggen en hij bedacht meteen hoe sullig dat klonk. Cita reageerde niet en samen zwegen ze. Hij hoorde haar ademhaling en hij wist dat ze hetzelfde dacht als hij. Maar dat zij, net als hij, die gedachten niet durfde te benoemen.

'Wat denk je?' probeerde hij uiteindelijk toch voorzichtig.

'Ik denk van niet,' zei ze stelliger dan hij had verwacht. 'Ik denk echt niet dat Evi hetzelfde is overkomen als Katy. Dan hadden ze haar toch al ergens gevonden?'

Joris moest toegeven dat dat logisch klonk. 'Maar wat dan wel?'

'Rajendra, die rechercheur, verzekerde mij net nog aan de telefoon dat William alles aan het bekennen is. Dat hij hangende het onderzoek nog niet meer details kon geven maar dat hij honderd procent zeker was dat hij morgen, nog voor zonsondergang, Evi heelhuids bij mij zou afleveren.'

Joris schudde zijn hoofd. 'Dit klinkt heel ongeloofwaardig.'

'Weet ik,' zei Cita en ze zuchtte diep. 'Maar we kunnen niet anders dan hopen dat het waar is.'

Joris nam een hap van zijn muesli en wist dat Cita gelijk had. Ze moesten wel. 'En wat ga je tot morgenavond doen?

'Toch zoveel mogelijk informatie over Evi proberen te verzamelen. Je weet nooit, misschien vind ik haar wel eerder.'

Ondanks de heftige ontwikkelingen moest Joris glimlachen. Cita's doorzettingsvermogen was onuitputtelijk. 'Ja schat, je weet nooit. Maar je moet ook je rust nemen. Boek een massage.'

'Misschien. Eerst heb ik zo nog een afspraak bij de Greenschool. Daar kwam Evi vaak.'

'Ik ben benieuwd,' zei hij en hij zag dat Lewis eindelijk in slaap was gevallen.

'Ik ook,' zei ze en ze was even stil. 'Trouwens, waarom nam je vanochtend vroeg je telefoon niet op?'

Natuurlijk was het een normale vraag, maar hij kon geen eerlijk antwoord geven. Dat hij niet thuis had geslapen en zijn mobiel was vergeten, was gewoon de waarheid. Maar deze werkelijkheid riep nu te veel vragen op. Dan moest hij ook uitleggen dat hij zich eigenlijk had willen bezatten, maar dat hij na een lange wandeling met Lewis iets eenvoudigs bij Het Kompas had gegeten. En dat de mist toen zo zwaar was geworden dat Jan het verstandiger leek dat hij boven het café zou blijven slapen. Eens zou hij het allemaal eerlijk vertellen, maar nu niet. Alles was voor Cita al zo complex, zijn gevecht met alcohol kon ze er nu niet bij hebben.

'Mijn mobiel lag in de keuken in de oplader,' zei hij daarom als compromis. 'Ik heb hem niet gehoord.'

Nadat hij haar had beloofd dat hij vanaf nu altijd zijn mobiel bij zich zou hebben, namen ze snel afscheid. Cita wilde niet te laat komen voor haar afspraak.

Daarna at Joris rustig de rest van zijn ontbijt en analyseerde in gedachten het gesprek. Cita had ondanks alle stress kalmer geklonken dan de laatste maanden. Ze had ook niet meer geklaagd over ergerlijke Aziatische gewoontes en het was hem opgevallen dat ze al meer dan vierentwintig uur niet over haar werk had gesproken. Misschien was de transformatie die hij en Leelah voor haar hadden gehoopt, nu al ingezet. Straks zou hij zijn schoonzus terugbellen om het te bespreken. Maar eerst wilde hij verder met het schilderij. Het moest af voordat Evi terugkwam.

Hij mengde de verf op zijn palet, pakte twee kwasten en liep naar het doek. Hij trok het beschermende laken ervanaf en viel van schrik bijna naar achteren. Midden op het doek was met dikke zwarte verf een regel tekst geschreven. Toen hij nog een stap naar achteren deed, zag hij pas wat er stond: BE CAREFUL, WE ARE WATCHING YOU!

19

‘Er is hier zeven kilometer bamboe in verwerkt,’ zei Tommy, de Canadese directeur van de Greenschool, en hij wees met beide armen naar het hoge dak. Zijn gezicht vertoonde diepe rimpels, maar zijn lichtblauwe ogen waren kinderlijk helder. ‘Bij ons heeft geen enkel schoollokaal muren, de wind is onze airco en al het meubilair is lokaal gemaakt.’

Cita staarde naar het plafond, dat als een grote golf de school overspoelde. Niets deed denken aan haar eigen betonnen internationale schooltje in Dhaka, waar angstvallig de tropische natuur werd buitengesloten. Hier zag ze kinderen aan het werk tussen het groen met junglegeluiden op de achtergrond. Vroeger zaten bij haar zelfs tralies voor de ramen en draaide de airco juist overuren.

‘Wat een serene sfeer,’ concludeerde ze terwijl ze de grote open ruimte rondkeek. In het midden werkte een klein klasje peuters in alle rust aan een ingenieus waterproject. Verderop zag ze oudere kinderen met laptops op schoot en aan een ronde tafel zaten twee meisjes in diepe concentratie te tekenen. Op het grote grasveld voor de school werd met ondersteunende kreten fanatiek gevoetbald.

Tommy genoot zichtbaar van haar compliment. 'Evi vond het hier ook zo fijn.'

Ze begreep meteen waarom. Voor haar dochter voelde dit waarschijnlijk als een ware utopie. Zo midden in de natuur, met enthousiaste mensen, milieubewust en vrij van alle conventies. 'Begrijpelijk, iedereen lijkt zo betrokken.'

'Klopt. We doen allemaal ons best om onze ecologische voetafdruk zo klein mogelijk te maken,' vertelde Tommy enthousiast en ging haar voor naar de grote moestuin. Zijn stevige kuiten pasten niet bij de elegante sarong die hij losjes had omgeknoopt. De onderkant sleepte over de grond en de rand van de gebatikte stof was al zwart geworden. 'Vandaar de zonnepanelen en in de regentijd gebruiken we de kracht van de rivier om stroom op te wekken.'

Ze liepen verder over een smal paadje tussen de rijstvelden door. De sprietjes van de rijstplanten stonden fier rechtop. Hun slippers zakten weg in de modder. 'We verbouwen hier biologische witte en rode rijst. We hebben onze eigen buffel, koeien en de laatste zwarte Balinese varkens wonen hier ook. Op zich allemaal niet bijzonder. De Balinezen leven al eeuwenlang in dergelijke kleine gemeenschappen die op een logische manier met de natuur leven. We doen het alleen maar na.'

In de schaduw van een schuin hangende palmboom stonden ze even stil. Ze keken uit over een met planten bedekt ravijn – onderin stroomde een riviertje – en op een hangbrug van bamboe waarop jongens tikkertje speelden. Cita viste haar flesje water uit haar tas. Het was warm, maar ze vond het nu niet vervelend. Ze voelde zich er juist door gekoesterd alsof ze lag bij te komen in een comfortabel bad.

'Heel bijzonder wat jullie doen. De school is een soort tempel voor het behoud van het milieu,' vatte ze het bezoek samen.

Tommy keek haar verrast aan. Zijn grote wenkbrauwen vormden een omgekeerde v. 'Dat is grappig.'

'Wat bedoel je?' vroeg ze net zo verbaasd.

'Dat wat u zei van die tempel voor het milieu. Zo noemde Evi het ook altijd.'

Dat ze toch samen iets deelden voelde ongekend fijn. 'Waar hield Evi zich bij jullie zoal mee bezig?'

Tommy legde uit dat haar dochter zich druk maakte over het enorme afvalprobleem op Bali. 'Vooral over het plasticseizoen. Dat begint elk jaar tegelijk met het regenseizoen. Door de stortregens komt het afval dat in rivieren ligt in beweging. In combinatie met de wind en stroming van het water stroomt alles zo de zee in. Dagelijks spoelen dan tienduizenden kilo's plastic aan op de zuidelijke stranden. Elke ochtend wordt dat voor de toeristen weer opgeruimd.'

‘Ongelofelijk. Dat wist ik niet,’ moest ze toegeven. En al pratende over Evi’s project leek haar dochter steeds dichterbij te komen. Ze genoot van haar indirecte aanwezigheid. ‘De Workingplace was ook al zo’n broedplaats aan ideeën.’

Tommy knikte en ze liepen verder over het glooiende terrein. Zijn stevige lichaam begon inmiddels fors te zweten. Een natte plek verscheen op zijn rug.

‘Evi werkte samen met de kinderen aan een recycleproject. Daarvoor heeft ze veel publiciteit gekregen. Zelfs *The New York Times* heeft erover geschreven. En afgelopen zaterdag, op dat feest hier vlakbij, waar ze...’ hij viel stil. Hij wist waarschijnlijk niet hoe hij haar vermissing moest omschrijven en keek weg over het voetbalveld.

‘Waarna ze verdween,’ hielp ze hem op weg.

‘Ja, toen dus, was ze bezig met het promoten van haar laatste plan. Drank uit lokaal gerecycled plastic. Ze was echt...’

Weer maakte hij zijn zin niet af. Zijn ogen stonden dof en zijn brede schouders hingen ineens vijf centimeter lager.

Cita legde een hand op de arm van deze totale vreemde. Anderen troosten ging haar makkelijker af. ‘Ik vind het ook lastig om over haar te praten.’

‘Ik vind het echt vreselijk voor u.’

‘De politie zegt dat ze haar op het spoor zijn,’ probeerde ze positiever te klinken.

Tommy zuchtte. 'Ach ja, de hulp van de politie. Voor wat dat waard is.'

Zwijgend zagen ze dat een Balinees jongetje met een afstandsschot in de linkerbovenhoek scoorde. Hij werd bedolven onder juichende teamgenoten.

'Het komt goed. Dat kan niet anders,' zei ze uiteindelijk en ze was zich ineens bewust van het plastic flesje dat ze nog in haar hand hield. 'En dit was natuurlijk een vloek voor Evi. Waar kan ik het laten?'

Tommy glimlachte gelukkig weer en toonde haar de recyclebak van gebogen bamboe. 'Ja, u hebt gelijk. Natuurlijk komt het goed.'

Samen liepen ze langs het onder bloemen bedolven huisaltaar naar de uitgang. Vlak voor de weg pakte Tommy haar hand plotseling stevig vast. 'Waarom gaat u niet naar Djik Dewa? Een bekende, lokale chakrahealer. Hij kan ook goed masseren trouwens. Heel ontspannend.'

Ze schudde haar hoofd en wenkte de taxi die in de schaduw op haar had staan wachten. 'Nee, dat gepluk aan mijn lichaam is niets voor mij.'

'Evi ging er ook regelmatig heen.'

Ze keek Tommy recht in zijn heldere ogen die meer leken te zien dan ze eigenlijk wilde. 'Wat was zijn naam, zei je?'

De Canadees liet haar Djik Dewa in haar mobiel noteren, gaf haar onverwacht een knuffel en deed de taxideur voor haar open. 'Komt u samen met Evi nog eens langs?'

Hoewel ze dat niet zeker wist, knikte ze toch en schoof op de achterbank. De taxi draaide de weg op en reed rustig terug in de richting van Ubud. Djik Dewa, herhaalde ze in gedachten. Die naam kwam haar zo bekend voor. Ze rommelde in haar tas en vond het verfrommelde kaartje van de kleine Chinees uit het vliegtuig. Bovenaan stond: DEWA, BALIAN (HEALER). Volgens de Chinees was dit de man die haar van haar angsten kon afhelpen. Een tekening van een lotusbloem stond eronder. Maar geen adres of mobiel nummer.

Ze boog zich wat naar voren. 'Mag ik u wat vragen?'

'Natuurlijk,' zei de jonge chauffeur die via de achteruitkijkspiegel oogcontact zocht.

Ze las de naam van de healer voor en vroeg of hij ooit van hem had gehoord.

'Wie niet,' zei hij met een brede glimlach. 'Heel Ubud gaat naar Djik Dewa. Zal ik u brengen?'

'Nu?' vroeg ze geschrokken. 'Moet ik niet eerst een afspraak maken?'

Zonder haar vragen te beantwoorden, draaide hij ineens zijn stuur om, maakte een scherpe U-bocht, ontweek net op tijd een scooter en reed in tegengestelde richting in hoog tempo terug. 'Dit is Bali. Jullie westerlingen moeten altijd alles maar op de klok doen. *Balian* Dewa verwacht u. Uw komst is altijd goed.'

20

Ze liep het trapje op en klopte op de half openstaande houten poort. 'Hallo? Meneer Dewa?'

Er kwam geen reactie en ze wilde al weglopen. Maar de taxichauffeur die naast zijn auto was blijven staan, gebaarde met beide handen dat ze door moest lopen.

Langzaam duwde ze de poort open en stapte over de drempel. Eerst liep ze om de stenen muur heen die de kwade geesten moest tegenhouden. Als kind had ze ook echt geloofd dat die geen bochten konden maken en dus zo buitengesloten bleven.

Toen kwam ze op de binnenplaats van een traditioneel familiehuis. Het was alsof ze een foto van haar jeugd binnenstapte. De halfopen paviljoens die verspreid lagen over het ommuurde terrein herkende ze meteen. De familietempel in het noorden in de richting van de heilige berg, het paviljoen waar de getrouwde stellen woonden, de keuken en de slaapvertrekken. Alles samen moest een lichaam symboliseren. Tijdens hun vakanties op Bali hadden ze met het gezin zo vaak op dergelijke plekken gelogeerd, dat ze bijna verwachtte dat de vrouw die uit het halfdonker kwam aanlopen haar moeder was. Maar deze vrouw was kleiner, dikker en bozer. Met wapperende handen gaf ze aan dat ze daar niet moest blijven staan.

'*Maaf, maaf*,' verontschuldigde Cita zich snel in gebrekkig Indonesisch. Ze wilde zich al omdraaien om naar buiten te gaan, toen de vrouw gebaarde dat ze juist moest meekomen.

Gedwee volgde ze haar naar de tweede binnenplaats waar een kleine gelige hond pontificaal in het midden zat. Op de veranda van het achterste paviljoen zaten twee Balinese mannen in de zo kenmerkende hurkzit. Hun tenen wijd uitgespreid om goed contact met de vloer te houden. Zelf zou ze het op die manier nog geen twee minuten volhouden, maar zij konden uren zo blijven zitten.

De vrouw gaf haar een sarong om aan te trekken en wees haar op een stoel ernaast. 'Wacht.'

Ze groette de mannen die haar ongegeneerd aanstaarden en plofte in de stoel. Meteen wilde ze haar mobiel pakken om Joris te vertellen in wat voor een vreemde situatie ze nu weer was beland, maar ze bedacht zich net op tijd dat bellen hier misschien niet gepast was. Wel maakte ze wat foto's. Van de kippen die keurig achter elkaar over het erf liepen en van de potten met orchideeën die willekeurig over de binnenplaats verspreid waren.

Eigenlijk begon het al te donker te worden voor scherpe beelden. Het gebrek aan schemering in de tropen maakte de komst van de avond spannender, de wereld zag er dan plotseling heel anders uit. Het blauwige licht van de tl-buis in de keuken gaf de halfduistere binnenplaats de sfeer van een slechte horrorfilm en ze sloeg haar armen kruislings voor haar borst, als een soort bescherming voor wat er niet te zien was.

De achterste man begon ineens te gorgelen, leek bijna te stikken en spoot een grote fluim in de pot naast zich. De andere man bleef ongestoord gehurkt voor zich uitkijken. Waarop ze wachtten wist Cita niet, maar het leek haar onmogelijk de vraag door deze mannen beantwoord te krijgen.

Een mix van gember en kurkuma dreef uit de keuken en ze merkte hoeveel honger ze begon te krijgen. Haar moeder had nooit leren koken. Dat hoefde ook niet, want ze wist altijd de beste Bengaalse koks in haar keuken te krijgen. Van jongs af aan mocht Cita dan over hun schouders meekijken. Als ze tenminste heel stil kon blijven zitten. Eerst was ze gefascineerd geweest door de snelle handbewegingen, de vlammen onder de wok en de sterke geuren. Later mocht ze helpen wassen, snijden en leerde ze de perfecte kooktijd voor rijst, de juiste mix voor de curry's en ingewikkelde inmaaktechnieken. Maar sinds de dood van haar ouders had ze Aziatisch eten definitief afgezworen.

Met veel gekraak ging de deur achter haar open en

er viel een felle lichtstraal over haar heen. Een kromgetrokken vrouwtje schuifelde naar buiten en verdween zonder op te kijken de duisternis van het erf in. Nu staarden de mannen haar aan en het duurde even voordat ze begreep dat zij aan de beurt was. De achterste man bleef maar wijzen dat niet hij maar zij naar binnen moest gaan.

En om te voorkomen dat ze zich zou bedenken, stapte ze snel het helverlichte paviljoen binnen. Afgebladderde muren, een doorgezakte stoel op een plateautje en een groot kussen op de grond. Meer was het niet. Vanachter een kamerscherm verscheen een dunne man in een sarong en wit overhemd. Een lange vlecht viel over zijn schouder en zijn pinknagels waren zo lang dat ze kromtrokken. Zijn donkere bril maakte het moeilijk zijn ogen goed te zien en ze kon onmogelijk zijn leeftijd inschatten.

Dewa nam plaats in de stoel en gebaarde haar voor hem op het kussen te gaan zitten, maar ze kon alleen maar denken aan het heel snel verlaten van deze slechte komedie en verstijfde.

'Als u wilt blijven staan is dat natuurlijk geen probleem,' zei hij met een onverwacht Brits accent en een brede glimlach spleet zijn gezicht in tweeën. 'U had misschien iets anders verwacht. Maar balians komen in alle vormen en maten.'

Hij moest hard lachen om zijn eigen grap en sloeg met beide handen op zijn dijen. En ondanks dat ze duizend redenen kon bedenken om het niet te doen, ging ze toch voor hem zitten. Ze trok haar sarong over haar knieën en legde haar handen in haar schoot.

'Welkom,' zei Dewa en deed zijn bril af. Hij pakte haar handen en keek haar recht aan. Zijn ogen waren diepbruin en warm. 'Wat kan ik voor u doen?'

'Mijn dochter kwam hier vaak. Ze is nu verdwenen,' zei ze vlug en om zijn priemende blik te ontwijken volgde ze een lijntje rode mieren over de vloer.

'Ze komt terug. Maakt u zich toch niet zoveel zorgen,' zei hij nu lager van toon. Hij streelde haar handen. 'U draagt de ellende van de wereld met u mee. Dat is te veel. Het is beter eerst goed voor uzelf te zorgen.'

Ze knikte maar zei niets. Zulke algemeenheden had ze wel vaker gehoord. Alleen vertelde niemand er dan bij hoe je dat moest doen. Hoe je aan jezelf moest denken terwijl je een kind moest opvoeden, je carrière moest opbouwen en een huwelijk in stand moest houden.

Haar afkeurend stilzwijgen leek hem niet te storen en hij ging in rustig tempo verder. Zijn stem werd steeds monotoner, alsof hij in een trance kwam. 'U bent sterk en zwak. Dat is verwarrend. Mensen begrijpen dat niet. Het komt door uw grote verdriet. U houdt het vast. Maar het is niet nodig. Laat het gaan. Anders kan de liefde niet stromen.'

Ze trok haar handen terug. Nee, ze ging het hier niet hebben over haar ouders. Daar had deze Balinese Brit niets mee te maken.

‘Ze weten dat u nog van ze houdt,’ ging hij onverstoorbaar verder en legde nu beiden handen op haar schouders. ‘Als u de pijn loslaat, blijft de liefde over.’

Ze schudde haar hoofd en wilde opstaan, maar hij verhoogde de druk op haar schouders.

‘Ik zal u niets aandoen. Maar u moet even blijven zitten. Ik kan u helpen.’

‘Nee,’ schreeuwde ze bijna en wrong zich onder de dwingende handen vandaan. ‘Hier heb ik echt geen zin in.’

Dewa haalde zijn schouders op. ‘Wat u wilt. U kunt ook gewoon weggaan.’

Zijn berustende reactie irriteerde haar en ze stond op. ‘Ik kom hier om meer te weten te komen over mijn dochter Evi en u praat over mijn ouders.’

‘Ik noemde uw ouders niet,’ zei hij kalm. ‘Ik sprak over de liefde. Ook voor Evi. Het is simpel. U hoeft alleen maar haar weg te volgen.’

De tranen sprongen in haar ogen. Wat dacht deze kwakzalver wel niet? Wat wist hij over liefde? ‘U hebt geen idee wat ik moet doorstaan.’

‘Dat denk ik juist wel,’ zei hij onbewogen en hij pakte een fles water naast hem. ‘Uw karma moet hersteld worden. U heeft een waterreiniging nodig.’

Ze liep naar de deur. ‘Geen denken aan.’

‘Neem het heilige water in ieder geval mee,’ zei hij en hield de fles in de lucht. ‘Laat het over uw hoofd stromen. Het helpt.’

Ze schudde nee maar zonder dat ze het zelf begreep, pakte ze de fles toch aan.

'Gratis,' zei hij nu weer met een grote glimlach op zijn gezicht. 'Misschien komt u nog terug.'

Na een zacht *terimakasi*, duwde ze de deur open en stapte het donkere erf op. Ze knipperde met haar ogen om aan de duisternis te wennen en ze zag de bozige vrouw voor zich staan. Zonder iets te zeggen gaf ze de sarong terug.

'Evi is lief,' zei de vrouw en bood haar een sateetje op een bananenblad aan. 'Deze vindt ze heel erg lekker. Neem maar mee.'

Cita wist even niet meer wat ze hier op moest zeggen en nam zwijgend het eten aan.

'Het komt goed hoor,' zei de vrouw en het leek alsof ze probeerde te glimlachen. Maar haar mondhoeken trokken alweer snel naar beneden, en zonder nog iets te zeggen ging ze haar voor naar de uitgang.

Cita was opgelucht toen ze de chauffeur nog bij de auto zag staan. Hij leek ineens het summum van normaliteit.

'Dat ging snel,' zei hij toen ze dichterbij kwam. 'Hoe was het?'

Ze haalde haar schouders op. 'Ik geloof niet dat het iets voor mij is.'

'Het is goed voor iedereen. Pas later merkt u verbetering,' zei hij stellig en hield de deur voor haar open.

Ze schoof op de achterbank en nam een hap van de

saté. Ah, *kambing*. De zachte smaak van het geitenvlees vulde haar mond. Ze sloot haar ogen. En voor het eerst sinds haar komst op het eiland voelde ze de spanning uit haar schouders stromen. Haar huid begon te tintelen en tegelijkertijd viel er een intense moeheid over haar heen. Door het wiegen van de taxi viel ze in een lichte slaap.

21

Het was iets over zevenen toen ze wakker werd. Ongelofelijk dat ze de hele nacht had doorgeslapen, zonder ook maar een keer door de jetlag wakker te schieten. Cita vouwde een kussen precies zo samen dat het een langwerpige vorm kreeg. Zo leek het tenminste een beetje op een bovenlichaam. Alsof ze tegen Joris' borst kon gaan liggen. Gisteravond laat had ze hem nog gebeld en verteld over haar bizarre ontmoetingen. Ze had uitgelegd dat die Dewa echt niet een vervelende man was, maar dat ze vooral zijn zalvende manier van praten irritant had gevonden.

'Iedereen die over emoties praat vind je irritant,' had Joris terecht opgemerkt.

Toen ze daarna had verteld dat ze voor de zekerheid toch maar wel het heilige water over zich heen had gegoten, hadden ze samen de slappe lach gekregen. Daardoor was ze vergeten te vertellen dat er een specifieke zin van dat gesprek met Dewa was blijven hangen. Hij had gezegd dat ze gewoon Evi's weg moest volgen. Dat bedoelde hij waarschijnlijk in figuurlijke zin en dat had ze tot nu toe ook gedaan. Bijna alle plekken waar Evi was geweest had ze bezocht en ze had in een paar uur meer over haar dochter geleerd dan de laatste jaren bij elkaar. Maar wat nou als hij het juist wel letterlijk bedoelde? Dat ze dus precies dezelfde afstanden moest volgen die Evi de afgelopen tijd had afgelegd?

Ze gleed uit bed, draaide de airco uit en gooide de deuren naar het terras open. De luie stoel op haar terras stond net in de ochtendzon en ze kroop erin, met haar slaapshirt over haar opgetrokken knieën. Ze hoorde een schorre haan zijn keel schrapen. De damp van de zojuist besproeide bloemen gleed laag over de grond voorbij. Alsof de ochtendmist maar heel langzaam de geheimen van de ochtend wilde onthullen.

Cita nam een slok uit haar flesje water. Evi zou ontploffen als ze wist dat haar moeder nog steeds plastic kocht. Het bleef haar verbazen hoe gedreven haar dochter kon zijn. Dat ze zelfs op dat feest nog haar ideeën wilde promoten.

Dat feestterrein! Dat was het natuurlijk. Die weg van het feestterrein naar huis, die moest ze volgen. Wat stom! Waarom had ze daar niet eerder aan gedacht?

Ze sprong op en rende bijna naar de badkamer. Ze wilde er meteen heen. Misschien kon ze nog iets van Evi vinden. Wat ze zocht wist ze niet precies, maar een klein spoor kon al genoeg zijn. Vlug draaide ze het licht aan en in een reflex deinsde ze naar achteren. Op de spiegel stond met rode lippenstift geschreven: BE CAREFUL, WE ARE WATCHING YOU.

Wat was dit nou weer? Ze staarde naar de letters en zag haar gespannen hoofd ertussendoor schijnen. Ontplofte haren, fijngeknepen ogen en een te strakke mond. Deze tekst stond er gisteravond zeker nog niet. Iemand moest dus vannacht in haar kamer zijn geweest. En dan was hij waarschijnlijk heel stil langs haar bed geslopen, had haar spullen doorgezocht en haar lippenstift gevonden.

Een rilling gleed over haar rug en ze sloeg een dikke handdoek om zich heen. Wat een eikels! En waar moest ze in vredesnaam voor oppassen? Wie hielden haar in de gaten? Dezelfde mensen die Evi vasthielden? Of juist mensen die haar tegen de daders wilden beschermen? De daders van wat eigenlijk?

Ze trok haar handdoek zo strak, dat de rand onder haar oksel schuurde. Ze wist niets. Niet waar haar dochter was. Niet wat er met haar was gebeurd. Niet wie dit had gedaan. Niets. Ze was er nu ruim twee dagen, had overal navraag gedaan en nog steeds was ze geen steek verder gekomen.

'*Fuck*,' gilde ze zo hard dat de kreet door de badkamer galmde. De adrenaline spoot door haar lichaam en met een ook voor haar ongekende kracht schopte ze tegen de deur. 'Verdomme.'

De deur schoot zo hard open dat hij tegen de muur

knalde en een pijnscheut sneed door haar voet. Ze zakte van pijn door haar knieën.

'Mevrouw?' Hendrads stem klonk vanaf het terras. 'Ibu Cita, gaat alles wel goed?'

'Ga weg,' riep ze met zoveel felheid dat ze haar eigen stem niet herkende.

Maar Hendrad liet zich er niet door afschrikken en ze hoorde hem al pratend haar kamer binnengaan. 'Ik liep in de tuin. Ik hoorde u roepen. Ik dacht, misschien is er een slang. Of een ander dier. Ik dacht, mevrouw kan mijn hulp vast wel gebruiken.'

Tegen zoveel vriendelijkheid was haar frustratie niet bestand en ze voelde de spanning wegtrekken.

'Ik ben in de badkamer,' zei ze zachter. 'Ik ben gevallen. Van de schrik.'

Behoedzaam schuifelde hij door haar kamer en ze hoorde dat hij achter de halfopen deur bleef staan. 'Mag ik binnenkomen?'

Ze zag dat haar teen open was gesprongen. Het bloed druppelde op de tegels. 'Ja, maar niet schrikken.'

Zijn hoofd verscheen om de hoek. De gebatikte doek was weer strak om zijn hoofd getrokken.

'O, maar dat valt best mee,' zei hij zichtbaar opgelucht en hij boog zich meteen voorover om haar overeind te trekken. 'Ik doe zo een pleister op dat wondje. En dan hebt u nergens meer last van.'

Leunend op zijn arm hinkte ze naar de rand van het bed. 'Dank je wel Hendrad, maar het lukt wel alleen hoor.'

'Nee, nee. Ik help graag,' zei hij en liep terug de badkamer in. Hij pakte een doekje, maakte het nat onder de kraan, keek op en zag toen pas de tekst op de spiegel. Als bevroren bleef hij staan. Zijn handen hingen bewegingsloos onder het stromende water.

'Iemand heeft dit vannacht gedaan,' legde ze uit. 'Het is vreemd, ik weet ook niet wie.'

'Goenagoena,' zei hij zacht en staarde naar de tekst.

'Nou, dat lijkt mij niet. Ik denk dat...'

'Jawel,' onderbrak hij haar en bleef zonder te knipperen naar de spiegel kijken. 'Dit is zwarte magie. En heel slecht nieuws. Iemand heeft het op u gemunt.'

'Daar ben ik het mee eens. Maar er is natuurlijk ook een gewone verklaring voor...'

'Was uw deur op slot?' onderbrak hij haar tegen alle Aziatische regels in opnieuw.

Ze knikte. Joris had er gisteren nog extra op aangedrongen. 'Ik ben er speciaal voor uit bed gestapt.'

Ineens begon Hendrad weer te bewegen en in een woeste veeg poetste hij de tekst weg.

'Hadden we dat niet voor de politie moeten bewaren?' vroeg ze en depte met het puntje van het laken haar teen schoon. Hij bloedde niet meer, maar klopte nog wel.

Hendrad schudde resoluut zijn hoofd. 'Eerst alles opruimen. De slechte energie moet worden doorbroken.'

Ze had genoeg ervaring met het Balinese geloof om te weten dat discussiëren nu geen zin had. Tijdens een van hun vakanties in Lovina was een jonge vrouw plotseling overleden. Ook toen riepen de buurtbewoners dat het door zwarte magie kwam. Haar ouders waren overtuigd dat knokkelkoorts de boosdoener was. Maar de Balinezen zeiden dat de vrouw door overspel te plegen het noodlot over zichzelf had afgeroepen.

Hendrad pakte de vaste telefoon van haar nachtkastje, belde een collega en begon meteen in rap Bahasa uit te leggen wat er aan de hand was. Het woord 'goenagoena' kwam wel tien keer terug. Plotseling draaide hij zich om, zijn ogen stonden gejaagd. 'En u hebt echt niets gehoord vannacht?'

Ze schudde nee en meteen ging hij verder met het telefoongesprek. Zijn grote armbewegingen maakten duidelijk dat het serieus was en dat er haast bij was. Na een minuut legde hij de telefoon tevreden neer. 'Ik heb het voor u geregeld. Meneer Doran wordt nu op de hoogte gebracht en de ruimte wordt zo meteen helemaal ritueel gereinigd. Balian Diedie kan hier over een uur zijn.'

'Dank je wel Hendrad, dat lijkt mij zeer nuttig,' zei ze en ze probeerde haar cynisme niet te laten doorklinken. 'Maar moeten we nu niet eerst gewoon de politie bellen?'

Hij maakte een afwerend gebaar. 'Dat is niet nodig. Meneer Doran neemt al contact met ze op. U hoeft zich nergens meer zorgen over te maken.'

'Dat is fijn,' zei ze en ze besloot maar niet uit te leggen dat ze zich juist wel zorgen maakte. Omdat dit ongetwijfeld alles met de verdwijning van haar dochter te maken had en als ze erachter zou komen wie dít had gedaan, ze misschien ook dichter bij Evi kon komen. 'Nog een vraagje. Hebben jullie camerabewaking in het hotel?'

Alsof hij een rotte doerian rook, trok Hendrad zijn neus op. 'Nee mevrouw, hier zijn geen camera's. Dit is een veilige plek. We vertrouwen elkaar.'

'Dat begrijp ik,' zei ze en ze moest glimlachen om zoveel paradoxen in één gesprek. 'Eerlijk gezegd ben ik nu wel toe aan een ontbijtje.'

Hendrad lachte ook al weer. 'Mooi. Dan ga ik dat nu meteen voor u regelen. Granola, papajashake en cappuccino?'

'Dat klinkt heerlijk.'

'Over vijf minuten staat in de ontbijtzaal alles voor u klaar,' beloofde hij en hij liep net zo snel door de terrasdeuren weer naar buiten als hij binnengekomen was.

Dankzij de elasticiteit van de tijd op Bali, wist ze dat ze nog zeker een kwartier had om zich klaar te maken. Ze kroop verder het bed op en belde als eerste Rajendra. Om te checken of Doran hem ook echt had ingelicht over de tekst, maar vooral om meer te weten te komen over William en zijn toespelingen op Evi's verdwijning. Ze kon maar niet geloven dat die arme Schot er iets mee te maken had.

Rajendra's telefoon ging meteen weer over op de

voicemail en opnieuw sprak ze in of hij haar zo snel mogelijk wilde terugbellen. Daarna appte ze Melissa met de vraag waar het feest afgelopen zaterdag was geweest. En of ze haar fiets mocht lenen om de plek te bekijken. Vervolgens stuurde ze Joris een berichtje met haar plannen, zodat hij straks bij het wakker worden meteen weer op de hoogte was. En als laatste nam ze contact op met de taxichauffeur van gisteren die zijn diensten ook voor vandaag had aangeboden.

Tevreden dat ze al zo vroeg zo productief was geweest, stapte ze vlug de badkamer in. Maar al op de drempel gleed een koude tocht langs haar blote benen. En hoewel goenagoena natuurlijk totale onzin was, wilde ze vandaag het lot niet tarten. Eerst moest ze Evi vinden en daarna zou ze weer terugvallen op haar westerse nuchterheid, beloofde ze zichzelf. En zonder zich te wassen, kleedde ze zich buiten de badkamer aan.

Op weg naar de ontbijtzaal kwam Melissa's antwoord al binnen. Ze omschreef in haar app een open veld, net voorbij de tempel in Tegallalang, in het noorden van Ubud. Daarnaast stond een oude schuur waar de fullmoon party was geweest. De fiets kon ze bij Radiantly Alive ophalen.

Cita ging iets sneller lopen. Haar voetstappen voelden lichter. Ze kon niet wachten om te gaan kijken. Niet dat ze wist waar ze naar moest zoeken. Maar het idee dat ze nu concreet iets kon doen, gaf een zeldzaam goed gevoel.

22

'Waar sta je? Deze sawa's zijn schitterend.'

Cita draaide haar mobiel in een rondje. Leelah had gelijk. Het uitzicht op de rijstvelden was oogverblindend mooi. Zoveel verschillende kleuren groen, dit kon bijna niet door mensen gemaakt zijn. 'Ik sta op de weg, vlak bij Tegallalang.'

'Waar in...?' gilde haar zus tegen het scherm. Een zware truck die voorbijdenderde maakte de rest van haar zin onverstaanbaar.

'Ik ben net bij de feestlocatie geweest,' beantwoordde Cita op goed geluk Leelahs vraag. 'Ik fiets nu de weg terug naar Evi's huis.'

'Fiets je?' Een plooi verscheen tussen Leelahs wenkbrauwen. 'Ben je nu ook nog suïcidaal? Je kunt net zo goed meteen het ravijn in rijden.'

'Nee, het is echt logisch om dit te doen.'

'Logisch? Je hebt mij net verteld over zwarte magie, ritueel reinigen, *water cleasings*, balians, offertjes, vreemde teksten op je spiegel en dan wil jij mij laten geloven dat je nog logisch kunt nadenken?'

En ondanks alles schoot Cita in de lach. De kracht van Leelahs relativerende humor was onverwoestbaar. Zelfs op het absolute dieptepunt in hun leven hadden ze in de rouwkamer nog staan giechelen.

'Goed, logisch is het niet,' gaf ze toe. 'Maar die healer zei...'

'Dat is die man met de vlecht en het Britse accent die flesjes water in een felverlichte schuur aan zielige vrouwen uitdeelt? Nee, inderdaad zijn oordeel sla ik hoog aan, ga verder.'

'Die dus,' grinnikte Cita. 'Hij zei dat ik Evi makkelijk kon vinden als ik haar weg zou volgen.'

'Nou veel succes, dat klinkt als de gouden tip!'

Ze wachtte tot een scooter toeterend voorbijschoot. 'Ik heb niets beters.'

'Weet ik schat,' zei Leelah. 'Ik was in jouw situatie ook zo wanhopig geweest en had precies hetzelfde gedaan.'

Ze keken elkaar even zwijgend aan.

'Ik mis je,' zei Cita uiteindelijk.

Leelah kuste het scherm. 'Ik jou ook. En ik beloof je dat ik hier ook wierrookstokjes brand.'

'Leugenaar.'

'Goed, in gedachten dan.'

Ze namen afscheid en Cita stapte weer op de fiets. Hoewel het eigenlijk te warm was, genoot ze van de vrijheid van het tochtje. Ze had zich met fiets en al op de locatie laten afzetten, waar behalve een vervallen houten barretje niets meer aan het feest deed denken. En vanaf daar liet ze zich nu bergafwaarts naar beneden glijden. Soms was het steil en waren de bochten redelijk scherp, maar over het algemeen was de route verrassend goed begaanbaar. Ze passeerde een dorpje met spelende kinderen op straat en een tijdje liep de weg parallel met de rivier waarin oude vrouwen hun was deden. De lucht was zwaar van geuren, vocht en woest krekelgeluid.

Vlak voor Ubud versmalde de weg en moest ze zich concentreren op de auto's die reden alsof ze op een driebaansweg waren. Een busje schoot vlak voor haar langs en ze moest bijsturen om niet van de weg te raken. Toen ze de eerste huizen van Ubud alweer zag verschijnen, werd ze moedeloos. Ze was nu al bijna bij het huisje van Katy en Evi. Hoe had ze ooit kunnen denken iets te vinden? Leelah had gelijk, natuurlijk kon die Dewa niets voorspellen.

Plotseling werd de weg steiler en moest ze hard in haar remmen knijpen om niet uit de bocht te vliegen. En net toen ze haar fiets weer onder controle had, zag ze tegen een lagergelegen huis iets oranjes staan. Ze kneep nog harder en stond abrupt stil. Ze stapte van de weg af en met de fiets in de hand volgde ze een steil, smal modderig pad naar beneden. Had Katy niet gezegd dat Evi's fiets oranje was?

Ze gleed door de drab naar beneden, verloor bijna

het stuur uit haar handen, hervond snel haar evenwicht en rende verder. Het betonnen huisje leek verlaten. De ramen waren met hout dichtgetimmerd, een hond kwam blaffend op haar af, maar ze merkte het nauwelijks. Want daar tegen de muur stond een feloranje fiets! Ze deed nog een paar stappen dichterbij en haar been begon te trillen. De bagagedrager was rood-wit-blauw geschilderd. Dit kon niet missen, dit was Evi's fiets!

Haar mobiel klonk luid uit haar rugzak. Haar eerste reflex was om hem over te laten gaan, maar net op tijd bedacht ze dat het waarschijnlijk Rajendra was.

'Mevrouw Wolters,' klonk zijn zware stem ongekend opgewekt. 'Goed u te spreken. Ik heb fantastisch nieuws.'

'Ik ben benieuwd,' hoorde ze zichzelf zeggen maar ze kon zich niet focussen op het gesprek. Ze staarde alleen maar naar de fiets. Verwonderd over hoe netjes haar dochter de afzonderlijke spijltjes had geverfd.

'William heeft een locatie genoemd. We gaan er nu kijken.'

Haar hart leek in een hogere versnelling te pompen. 'Waar? Ten noorden van Ubud?'

'Nee, Seminyak. Ergens achter de Potato Beach Bar. We rijden er nu met drie auto's heen.'

'Maar dat kan niet. Dat is aan de kust. Weet u het zeker?'

'Zeker? Zeker? Nee, natuurlijk weten we het niet zeker,' zei hij en zijn stem klonk nu een octaaf hoger door de irritatie. 'Dit is alleen wat William ons heeft verteld.'

Ze zette haar eigen fiets tegen een hekje. 'Dat begrijp ik. Maar wat zei hij precies?'

'Dat kan ik nu niet allemaal uitleggen. We hebben haast. Ik bel u later.'

En voordat ze meer vragen kon stellen, had de rechercheur alweer opgehangen. Nu stond ze nog maar één stap verwijderd van Evi's fiets en toch durfde ze hem niet aan te raken. Alsof ze daarmee de kans op Evi's veilige terugkeer zou kunnen verkleinen. Het viel haar op dat het voorwiel sterk was verbogen en de rechtertrapper verdwenen was. Haar been begon weer te trillen en ze greep naar een boompje om niet te vallen.

'Hee, wat moet dat?'

Ze draaide zich om en zag een oudere man licht voorovergebogen leunend op zijn schep naast haar fiets staan. Waar was die ineens zo geruisloos vandaan gekomen?

'Ik denk dat deze van mij is,' zei ze en wees naar Evi's fiets. 'Ik ben hem al een tijdje kwijt.'

De man begon naarstig met zijn hoofd te schudden. Zijn bril wipte mee op zijn neus. 'Dat is niet waar.'

'Waarom niet?'

'Deze fiets is altijd van mij geweest.'

Hij sprak in gebroken Engels, maar ze had wel door dat hij zo hard loog dat hij het zelf bijna geloofde.

'Dat is onmogelijk,' zei ze en ze voelde tranen opkomen. 'Mijn dochter heeft namelijk zelf de fiets geverfd.'

'Dochter?' herhaalde de man en hij veerde op. Ineens leek hij vijf centimeter langer en tien jaar jonger.

'Ja mijn dochter, Evi. Ik ben naar haar op zoek. Ze is iets langer dan ik. Mooier ook. En...'

'Kom mee,' zei de man en hij draaide zich in een keer om. 'Kom nu snel! Kom dan.'

In een ongekend rap tempo liep de man voor haar uit. Zijn kromme benen leken ineens van rubber. Ze moest rennen om hem bij te houden. Ze liepen het dorpje in. Kippen, bamboehutjes, varkens, een kleine tempel, honden; alles schoot aan hen voorbij.

'Waar gaan we heen?' vroeg ze en ze ontweek net op tijd een haan die uit een bosje sprong. 'Weet u iets van mijn dochter?'

Maar de man liep zonder om te kijken in ferme tred door. Plotseling dook hij tussen twee muren een smal paadje in. Cita twijfelde een seconde of ze moest volgen. Tegelijkertijd wist ze dat ze geen keus had en rende achter de man aan de steeg in. Het rook naar rottende bladeren en langs de betonnen randen lag plastic afval. Ze moest af en toe opspringen om kuilen in het wegdek te vermijden. Aan het eind bleef hij voor een klein bamboehuis staan.

'Rania?' riep hij onverwacht hard voor een Balinees en hij stapte de veranda op. 'RANIA?'

Een tengere kleine vrouw, met grijs opgestoken haar

en een gezicht vol lachrimpels, kwam meteen naar buiten. Ze reageerde niet op de man maar liep direct Cita's kant op. Vlak voor haar bleef ze staan en bestudeerde haar gezicht. Haar donkere ogen lichtten op, de rimpels trokken samen en ze pakte haar arm.

'Jij komt voor je dochter.'

Cita knikte en zonder verder iets te vragen, liet ze zich door de vrouw meetrekken naar het huisje. De deur piepte open en tegen de wand stond een groot bed met een klamboe eroverheen gedrapeerd.

'Ik wist dat u zou komen,' zei Rania en ze begeleidde Cita naar het bed. 'Maar u moet niet schrikken.'

'Natuurlijk niet,' zei ze Cita vol overtuiging maar haar lichaam reageerde anders. Haar rechterbeen begon hevig te trillen, de kamer leek te draaien en het voelde plotseling alsof alle lucht uit haar longen gedrukt werd. Ze hapte naar adem. Rania greep een stoel, plaatste die direct naast het bed en net op tijd kon Cita zich erop laten vallen. Ze haalde een paar keer diep adem en zette beide benen stevig op de grond. Het zwiepende geluid van de ventilator bracht haar verder tot rust.

'Mag ik nu kijken?' Ze begreep niet waarom ze deze kleine vrouw om toestemming vroeg. Misschien om het moment van confrontatie uit te stellen.

Rania knikte en schoof de klamboe open.

'Nee,' gilde Cita en ze sloeg haar hand voor haar mond om niet nog harder te schreeuwen. Midden op het witte laken, onder een gebatikte doek, lag een jonge vrouw. Doodstil. Cita kon niet zien of ze nog ademde. Haar bruine haar was als een waaier uitgespreid op het kussen. Een doek bedekte haar ogen. Haar hals, gezicht en oren zaten onder grote rode wonden. De huid leek op sommige plekken zelfs helemaal verdwenen.

Cita kon haar trillende been nu niet meer onder controle houden en haar slippers klapperden hoorbaar op de houten vloer. Het zweet liep over haar rug.

'Dit is...' probeerde ze te zeggen maar haar stem leek verdwenen.

Rania sloeg een arm om haar heen. 'Ik begrijp dat het naar is om uw dochter zo te zien.'

'Nee, dit is niet...' zei ze met moeite en schudde haar hoofd. 'U begrijpt het niet. Dit is mijn dochter niet. Dit kan mijn dochter niet zijn.'

Zonder iets te zeggen hielp Rania haar overeind en zette haar op de rand van het bed. Vanonder het laken pakte ze de hand van de gewonde vrouw. Cita zag de gouden ring met het saffiertje, de roze surfbandjes om de pols en de lange, slanke vingers. Ze kon het niet langer ontkennen.

'Evi,' fluisterde ze en ze streelde de vingers. Zacht en warm waren ze. 'O, mijn lieve Evi.'

Tranen stroomden over haar wangen en ze kroop naast haar dochter op bed. Langzaam trok ze de doek van haar gezicht en zag twee opgeblazen blauwe gesloten ogen. Een warme adem trok langs haar arm.

'Lieverd, het komt goed.' Ze boog zich voorover en gaf een kus op Evi's koele voorhoofd. 'Alles komt goed. Mama is er nu.'

23

Van ver kwam het geluid van zijn mobiel binnen. Joris sloeg op het kussen naast hem maar kon zijn telefoon niet vinden. Met enige moeite hees hij zich overeind en knipte zijn bedlampje aan. Het felle licht verblindde hem eerst en pas daarna zag hij zijn mobiel aan het voeteneind oplichten. Hij dook naar voren, maar was te laat. De luide ringtone was al verstomd.

Nog voordat hij kon kijken wie hem had gebeld, ging de telefoon opnieuw af. Cita. Natuurlijk.

'Hebben ze Evi gevonden?' riep hij al voordat hij haar stem had gehoord. 'Waar was ze? Hoe is het met haar? Wat is er gebeurd?'

Er kwam geen reactie op zijn vragenvuur. Hij hoorde alleen een zacht gesnik. Nu durfde hij geen vragen meer te stellen, doodsbang voor de antwoorden. Pas toen Cita helemaal stil was geworden, deed hij nog een poging.

'Evi?' fluisterde hij nu bijna.

'Ik heb haar gevonden,' zei Cita nu met een verrassend heldere stem. ‘Ik zit naast haar. Ze is in orde. En...’

Nog voordat Cita haar zin kon afmaken, sprong Joris op. Al juichend sprong hij op het bed op en neer, waarbij zijn voeten diep wegzakten in het dons. Hij hoorde wel dat Cita zijn naam riep, maar hij kon alleen maar gillen en springen. Zo hard zelfs dat Lewis aan de andere kant van de slaapkamerdeur mee begon te huilen. Hij sprong van het bed, gooide de deur open, greep de verbouwereerde Lewis bij zijn poten en maakte een rondje.

‘Evi is gevonden,’ riep hij in het oor van zijn hond. ‘Evi komt terug.’

‘JORIS!’ hoorde hij nu Cita gillen en hij liet zich op het bed vallen.

‘Ja, schat, sorry. Ik ben er weer,’ zei hij nahijgend in zijn mobiel.

‘Luister, ze is wel gewond.’

Hij hoorde zijn vrouw praten over haar zoektocht, Rania en het huis waarin Evi was opgevangen. Ze vertelde over de beschadigingen aan haar gezicht en haar gebroken arm. Maar echt luisteren kon hij nauwelijks. Vanaf zijn bed keek hij naar buiten. Het ijsblauwe maanlicht verlichtte de golfjes op de plas. Nog even en hij kon eindelijk zijn dochter weer vasthouden.

‘Ik schat wel in dat alles snel zal genezen,’ beëindigde Cita analyserend als een dokter haar verhaal. ‘Ik zie geen ontstekingen.’

Hij hoorde dat ze een slok nam. 'Je klinkt zo dichtbij. Ik zou zo graag bij jullie zijn. Kan ik haar spreken?'

'Ze slaapt. Rania heeft haar een natuurlijk slaapmiddel gegeven. Tegen de pijn. Ik heb haar ook nog niet gesproken.'

'Ze wordt dus goed verzorgd,' concludeerde Joris en aaide Lewis die tegen hem aankroop. 'Heb je die Rania wel al duizend keer bedankt?'

Cita zei dat ze dat natuurlijk meteen had gedaan maar hij hoorde aan haar stem dat er iets niet klopte.

'Schat, wat is er? Ben je niet blij?'

'Natuurlijk wel,' zei ze snel. 'Maar Rania vertelde dat Evi zich van het ongeluk niets meer kan herinneren. Dat ze pas vanochtend haar naam weer wist en ook al onze gegevens was vergeten.'

Zijn keel kneep samen. 'Denk je dat ze een hersenschudding heeft?'

'Misschien. Ik denk dat het beter is als ze naar een echt ziekenhuis wordt gebracht.'

'Voelt het daar niet goed dan?'

Cita zuchtte zo diep dat het bijna briesend klonk. 'Voelt het niet goed? Het ís niet goed. Ze heeft geavanceerde medische voorzieningen nodig. Serieuze begeleiding. Ervaren dokters die haar verantwoord kunnen behandelen. Dit houtje-touwtjegedoe werkt natuurlijk niet.'

Waarschijnlijk had zijn vrouw gelijk, als arts kon ze ter plekke de situatie natuurlijk veel beter inschatten dan hij. Maar haar rigide houding irriteerde hem ook. Als er iemand moest weten dat er verschillende werkelijkheden naast elkaar konden bestaan, was zij het wel. Wanneer liet ze haar Aziatische achtergrond nu eindelijk eens toe? Wanneer zou ze gaan beseffen dat als ze vanuit twee culturen de wereld zou bekijken, dat een verrijking kon zijn? Maar hij wist dat hij nu geen antwoord zou krijgen op die vragen. Bij stress schoot Cita altijd terug in rechtlijnigheid. En dat begreep hij eigenlijk ook wel.

'Joris? Ben je daar nog?'

'Ja, ik moest het even laten bezinken,' zei hij en hij zakte terug in zijn kussens. 'Als jij denkt dat het beter is, dan moet je het doen. Maar als Evi wakker wordt, dan zou ik het haar wel eerst zelf vragen.'

Cita beloofde het op die manier aan te pakken en gaf een kus door haar mobiel. 'Dag lieverd. Ik ga hier meteen alles regelen. Ik houd je op de hoogte.'

Ze brak abrupt het gesprek af en Joris staarde naar zijn mobiel. Het was lang geleden dat hij zich zo alleen had gevoeld. Zelfs in de afkickkliniek was hij minder eenzaam geweest. Zijn gezin zat op Bali en hij lag hier midden in de nacht op een koude boot met alleen een hond aan zijn voeten. Nu weer onder zijn dons kruipen was de meest logische handeling geweest, maar ook de minst haalbare. Hij wist dat slapen nu onmogelijk zou zijn en gleed uit zijn bed. Hij schoot in een dikke trui, pookte de kachel op, draaide

Louis Armstrong op tien en mengde de juiste kleuren op zijn palet. Het schilderij moest nu snel worden afgemaakt.

De zwarte tekst had hij voor de helft opgenomen in het werk. Nu stond er nog alleen WE ARE WATCHING en dat kon van alles betekenen. Eerlijk naar de wereld kijken, bijvoorbeeld. Echt zien hoe het is en jezelf niet langer voor de gek houden. Inzien dat drank je leven niet meer glans geeft, preekte hij in gedachten tegen zichzelf. Maar het deed hem ook denken aan een regel van Hemingway: *'I watched her watching me in the light of so many thousands nights.'*

Lieve Ciet, al zoveel nachten samen. Hij was blij dat hij haar niet over de nare dreigzin had verteld. Ze had zich alleen maar zorgen gemaakt. De jeugd uit Kaagdorp deed wel vaker vreemde dingen. Haar ook nog hierover ongerust maken was dus totaal onnodig.

De scherpe vlakken die onder zijn kwast op het doek ontstonden, contrasteerden met de zachte vegen rond de randen. Evi zou het beeld begrijpen. Dat het leven warm en koud kon zijn, dat er geen liefde bestond zonder haat. Dat licht en duisternis samengingen. Hij kon niet wachten haar het eindresultaat te laten zien.

Een harde krak brak bij Armstrongs 'Down bij de riverside' binnen. Het leek alsof iemand over de houten vlonder liep. Lewis sprong kwispelend op en Joris draaide de volumeknop lager. Wie kwam er in vredesnaam op een vrijdagochtend om zes uur bij hem langs?

Hij draaide de deur van het slot en riep naar buiten: 'Wie is daar? Hallo?'

Behalve door het gefluister van de rietkraag in de wind, werd zijn vraag niet beantwoord. Ver weg over het weiland zag hij een silhouet in het magere ochtendlicht bewegen. Waarschijnlijk een ree die alleen bij zonsopgang de bosrand durfde te verlaten en zich aarzelend op het open veld begaf. Voor de rest was er niemand te zien. Vreemd. Wel zag hij aan de horizon alweer de eerste autolichten op de A44 voorbij racen. Het leek wel alsof de haast van de dag steeds vroeger begon.

Hij liep terug naar binnen en zette koffie. Van een afstand bekeek hij zijn werk. Het schilderij klopte. Het was nog niet af, maar het straalde al wel een enorme kracht uit. Alleen gaf het werk geen volledige voldoening. Hij wilde meer voor Evi kunnen doen. Iets concreets. Misschien kon hij toch met de reclassering afspreken dat hij voor een paar dagen naar Bali mocht? Over veertien weken waren zijn controles en onverwachte huisbezoeken voorbij. Misschien kon hij voorstellen die periode met twee weken te verlengen in ruil voor een paar dagen op bezoek bij zijn dochter?

Het plan klonk hem zelf redelijk in de oren, maar hij wist zeker dat een officieel verzoek zou worden afgewezen. Zijn dronken rijgedrag en de 'dood door schuld'-uitspraak waren te zwaar geweest. Hij hoorde de rechtbank al zeggen dat hij willens en wetens beschonken achter het stuur was gestapt. Dat hij daarvoor tot aan het einde van zijn straf moest boeten. Bovendien zou het maar precedenten scheppen als hij mocht gaan. Ze zouden gelijk hebben, maar misschien wilde Karel officieuze afspraken met hem maken. Die zag bijna dagelijks hoe goed hij sinds het ongeluk zijn leven weer op de rit had gekregen.

En dus pakte Joris zijn mobiel en appte: 'Karel, als je straks wakker bent, kun jij mij dan bellen?'

24

Cita kneep de doek boven het bakje water uit en legde het ter verkoeling voorzichtig weer over Evi's voorhoofd. Haar dochters ademhaling was rustig en door de zacht draaiende ventilator aan het plafond bewoog het laken over haar lichaam heel lichtjes op en neer. Cita zat al zeker een uur naast haar en eigenlijk kon ze nog steeds niet geloven dat ze haar dochter had gevonden.

Rajendra kon het eerst ook niet geloven. Hij was natuurlijk voor niets naar Seminyak gereden, maar toch kon ze hem niet meteen overtuigen dat ze Evi zelf al had gevonden. Pas toen ze hem vertelde over het geheugenverlies en het fietsongeluk, leek hij het wel van haar aan te nemen. Ze had hem beloofd dat ze, zodra ze meer over haar toestand zou kunnen zeggen, contact met hem zou opnemen.

Cita aaide Evi's wang. Rania had inderdaad goed voor haar gezorgd. Ze had haar net verteld dat ze vroeger als verpleegster in Zuid-Afrika had gewerkt. En dat was zichtbaar. Alle wonden waren keurig ontsmet en haar gebroken arm was professioneel gespalkt. Rania had ook uitgelegd dat een groepje boeren Evi zondagochtend heel vroeg naast de weg onder haar fiets had gevonden. Omdat ze erg bloedde, hadden ze Evi meteen naar haar toe gebracht. En dat was volgens Rania net op tijd geweest. Evi was toen wel even bij geweest en had Rania gesmeekt haar niet naar een ziekenhuis te brengen.

Eindelijk begonnen Evi's oogleden zacht te trillen en Cita pakte haar hand.

'Lieve Eef,' fluisterde ze en ze aaide haar vingers. 'Hoe voel je je?'

Evi opende haar ogen.

'Hee mam,' zei ze rustig en ze leek niet eens verbaasd. 'Wat fijn dat je er bent.'

Misschien kwam het door de kalmte in haar stem of door de vanzelfsprekendheid van haar reactie, maar ineens leek het de normaalste zaak van de wereld dat ze hier naast elkaar lagen. Alsof ze elkaar dagelijks op het platteland van Bali troffen en dan gezellig bij elkaar in bed gingen liggen. En tegen al haar verwachtingen in begon Cita te giechelen. Het was natuurlijk een ontlading van de dagenlang opgebouwde spanning, maar het klonk zo blij dat Evi ook de slappe lach kreeg. En zo lagen ze geheel onverwacht heel dicht tegen elkaar aan te lachen.

'Dit weerzien had ik mij toch heel anders voorgesteld,' zei Cita nadat ze wat was bedaard en Evi's haren streelde. Ze vertelde haar dochter hoe ongerust ze was geweest. En dat hoe langer het duurde haar te vinden, hoe angstiger ze was geworden.

'Wat rot voor je mam,' fluisterde Evi en ze kneep zacht in haar hand. Met een lome stem legde ze uit dat ze zelf niet bang was geweest. Waarschijnlijk omdat ze zich eerst toch niet zoveel kon herinneren. Pas nadat de pijn gisteren langzaam wat was gaan zakken, was haar geheugen in flarden teruggekomen. 'Ik zag de hele tijd jou en pap in mijn hoofd voorbijschieten. Als foto's, maar ik kon er maar geen naam op plakken.'

Cita gaf haar dochter voorzichtig een knuffel. 'Weet je nu alles weer?'

Evi schudde traag haar hoofd. 'Nummers lijken totaal verdwenen. Heel onhandig, vooral omdat mijn mobiel ook weg is. Ik kon niemand bellen. Daarom had ik gistermiddag Ketut, de broer van Rania, gevraagd om Katy in Ubud te gaan zoeken. Zij had zeker jullie telefoonnummers kunnen achterhalen. Maar Ketut kon haar niet vinden. En ook William was onvindbaar.'

Natuurlijk was dit het juiste moment geweest om Evi te vertellen dat haar vriendin was overleden en haar vriend in de gevangenis zat, maar Cita durfde het niet aan. Ze wist nog niet of ze te broos om het slechte nieuws te kunnen verwerken. Cita vertelde dat ze beiden wel had ontmoet, dat ze haar ook zochten en dat ze haar goed hadden geholpen, al was dat slechts de halve waarheid.

'Wat vond je van William?' vroeg Evi. Haar ogen straalden toen ze zijn naam zei. 'Was hij ook zo bezorgd?'

'Absoluut,' zei Cita. 'Leuke vent hoor.'

'En Katy is natuurlijk een rare,' zei Evi die iets rechterop ging zitten. Meteen vertrok haar gezicht van de pijn. 'Maar ook ontzettend lief. Vind je niet?'

Cita knikte. Haar leugens maakte haar onrustig en ze stapte snel van het bed af. 'Schat, we hebben nog zoveel dingen te bespreken. Maar eerst gaan we zorgen dat je in een goed ziekenhuis terechtkomt. Ik heb Doran gebeld. Hij heeft geregeld dat er meteen een ambulance kan komen om je naar Denpassar te brengen. Maar voordat we hier je spullen gaan pakken, ga je natuurlijk eerst nog even pap bellen.'

'Nee!'

'Wat nee?' vroeg Cita en ze pakte haar tas. 'Je vader was zo bezorgd. Die wil heel graag je stem horen.'

'Nee, ik ga niet weg.'

'Wat is dat voor onzin? Je kunt hier echt niet blijven.' Met twee stappen liep Cita door het kamertje heen. 'Het hier is nog geen twee meter breed, er is geen dokter en je deelt je bed met bedwantsen en kakkerlakken.'

Evi ging met moeite nog wat rechterop zitten. Haar ogen knepen iets samen. 'Het is hier perfect. Zelfs beter dan in een ziekenhuis. Ik blijf.'

Cita voelde het bloed naar haar wangen stijgen. 'Ik kan echt wel beter inschatten wat medisch verantwoord is dan jij. En hier blijven is dat niet.'

'Ik denk het wel. Ik heb hier zelfs mijn eigen dokter,' zei Evi en ze wees met haar goede arm in Cita's richting.

Cita schudde woest haar hoofd. 'O nee, vergeet het maar, ik kan jouw arts niet worden. Ik heb al jaren niets meer aan…'

'Mag ik nu je telefoon?' onderbrak Evi bot haar betoog. 'Ik wil heel graag pap bellen.'

Het was natuurlijk een goed teken dat haar dochter weer zo eigenwijs was, maar tegelijkertijd ook vreselijk irritant. 'Luister schat. Dat geheugenverlies moet gecheckt worden. Dat kan niet hier.'

'Mam, hou op. Het gaat juist goed met mij, omdat ik hier lig. Balinezen maken al eeuwen gebruik van andere methoden, ik heb daar vertrouwen in. Misschien wel meer dan in de westerse zorg.'

Cita zuchtte diep. Ze kon de neiging verder in discussie te gaan maar met moeite onderdrukken. Maar als ze eerlijk tegen zichzelf was, kon afwachten niet echt veel kwaad. Bij een hersenschudding was rust toch de beste remedie. 'Goed, maar zodra je toestand verslechtert ga je wel.'

'Prima,' zei Evi en ze nam haar mobiel aan.

Cita liep naar buiten en bleef op de veranda staan. Ze zag Rania verderop in de straat met een dorpsgenoot praten. De kleine vrouw genoot duidelijk aanzien in deze gemeenschap. Cita had al gemerkt dat er regelmatig mensen bij haar langskwamen met verschillende vragen. En dat waren niet louter medische kwesties. Ze gaf ook advies over het aanvragen van gemeentevoorzieningen en ze had haar verteld dat ze enkele ouderen iedere ochtend een uurtje Engelse lesgaf. Evi was inderdaad bij haar in goede handen.

Vanuit het huisje hoorde ze luid gelach. In gedachten zag ze Joris op de boot zitten, met Lewis aan zijn voeten, flauwe grappen makend met zijn dochter. Hij had gelijk gehad. Dat ze met Evi zelf over haar verzorging had moeten spreken. Cita wist wel dat haar behoefte aan controle soms zo dwingend kon zijn dat ze daardoor blind werd voor andere opties. Terwijl ze zelf genoeg positieve ervaringen had gehad met alternatieve medische zorg.

Eigenlijk moest ze dus Evi simpelweg gelijk geven. Dit was een fijne plek om aan te sterken. Net ver genoeg van Ubud om niet onder de drukte bedolven te worden, maar voldoende dichtbij voor gezelligheid en de nodige verzorging. En nu ze er wat langer over nadacht, vond ze het idee om zelf voor Evi te zorgen ook wel heel leuk. Als ze er niet uit zou komen, kon ze altijd nog de hulp van dokter Wayan vragen. Die brave man wilde vast wel langskomen. En Doran had in dit wijkje ongetwijfeld nog wel een huisje dat ze zolang kon huren.

'Mam,' klonk Evi's stem uit het huisje. 'Iemand probeert je te bellen.'

Ze stapte vlug naar binnen. 'Was je al klaar met papa's gesprek?'

Evi glimlachte. 'Zijn batterij was op.'

'Typisch,' zei Cita en nam haar mobiel aan. 'Hallo Rajendra, kan ik iets voor je doen?'

De rechercheur klonk gehaast en vertelde dat er een ondersteunend onderzoeksteam uit Australië zou komen. 'Het is te gek voor woorden. De moeder van die Katy blijkt een beroemd parlementslid te zijn. Ze gelooft niet dat haar dochters dood een ongeluk was. Zelf neemt ze niet eens de moeite om naar Ubud te komen. Maar ze heeft wel een bevriende rechercheur, ene Jack Rowling, gevraagd hier een moordonderzoek op te zetten. En die idiote hoofdofficier heeft het nog goedgekeurd ook.'

Moord. Het woord kwam keihard binnen. Ze glimlachte naar Evi en hoopte maar dat ze de schrik in haar ogen niet had gezien.

'Ja, dat is verrassend,' zei ze zo neutraal mogelijk terwijl ze het huisje uit liep. Toen ze op gehoorafstand was, voegde ze er snel aan toe. 'Een verpleegster in het ziekenhuis in Ubud suggereerde al dat een scooterongeluk niet waarschijnlijk was.'

'Dat is allemaal typisch Balinese roddel. Die kinderen kijken gewoon niet goed uit.'

'Misschien,' zei ze en volgde een *tjitjak* die voor haar

voeten wegschoot. 'Maar een extra team dat u helpt dat te bevestigen kan toch geen kwaad?'

'Ik vind het maar niks,' mopperde Rajendra. 'Kan ik eigenlijk al met Evi praten?'

'Nee. Ze is nog te zwak. Maar die William kunt u ondertussen wel vrijlaten. Die heeft duidelijk nergens iets mee te maken.'

'Nee,' wees Rajendra haar verzoek net zo resoluut af als zij het zijne. 'Misschien weet hij meer over Katy's dood. Eerst moet die Rowling maar eens met hem praten. Hij landt morgenavond.'

Cita beet op het puntje van haar onderlip. De hele redenering was zo onlogisch. Rajendra verdacht William van een misdrijf dat hij zojuist had afgedaan als een ongeluk. Maar ze wist ook dat nu een wijsneuzige reactie van haar kant in Williams nadeel zou werken. Ze bedankte de rechercheur voor zijn betrokkenheid en hing op met de afspraak elkaar op de hoogte te houden.

Ze plukte voor Evi een roze bloem uit de frangipaniboom en liep terug naar het huisje. Het voelde nu zelfs nog verstandiger hier te blijven. Veiliger voor Evi vooral. Zeker zolang ze niet wist wat zich op het eiland eigenlijk allemaal afspeelde.

25

Joris zette een bak water voor Lewis neer en trok een sigaret uit zijn pakje. Op afstand keek hij naar het schilderij. Of het al helemaal af was, kon hij nog niet zeggen. Hij had er wel de hele ochtend aan gewerkt maar het schoot toch minder op dan hij had verwacht. Vooral nadat Evi hem voor de tweede keer had gebeld en helemaal overstuur was geweest, vlotte het werk niet meer.

Hij begreep waarom Cita Evi vanochtend toch over Katy en William had verteld, maar dergelijke heftige emoties waren duidelijk niet goed voor zijn dochters herstel; ze had meteen weer hoofdpijn gekregen. Ook vond hij het frustrerend dat hij niets kon doen. Karel had al wel teruggebeld en beloofd zijn verzoek naar Bali te mogen reizen, te overwegen. Alleen ging dat voor zijn gevoel niet snel genoeg.

Hij liep naar buiten, ging met gekruiste benen op de voorsteven zitten, nam een grote trek aan zijn sigaret en volgde de uitgeblazen rook die over het water wegdreef. Eigenlijk was het enige dat hij nu concreet kon doen de rechercheur bewerken om William toch vrij te laten. Cita had zijn nummer al doorgestuurd, maar gezegd dat het een norse, koppige man was die, zeker van westerlingen, niets aannam. Joris kon zich voorstellen dat Cita's wat zakelijke houding averechts bij deze Rajendra werkte; als hij zich wat vriendelijker opstelde, zou dat misschien meer effect hebben.

Hij deed zijn oortjes van zijn mobiel in en belde de rechercheur.

'Wat? Wie is dit?'

'Joris, de vader van Evi.'

'Ja? En?'

Rajendra's botheid nodigde inderdaad niet uit tot een goed gesprek, maar Joris legde op vriendelijke toon uit dat hij hem wilde bedanken voor zijn inzet voor Evi's zoektocht. En dat hij van zijn vrouw had gehoord dat hij zo betrokken was geweest bij Evi's herstel. Rajendra ontving bijna grommend zijn bedankje en wilde al ophangen.

'Nog één dingetje,' zei Joris vlug en drukte zijn peuk op het dek uit. 'Ik begreep dat haar vriend William nog vastzit. Maar hij is onschuldig. Met Evi is niets aan de hand en ten tijde van Katy's ongeluk zat hij al achter de tralies op het bureau. Daar kan hij ook niets mee te maken hebben gehad; hij kan dus onmiddellijk worden vrijgelaten.'

'Dat kan niet. Dag meneer.'

'Nee, niet ophangen,' gebood Joris en hij was zelf verrast hoe streng zijn stem ineens klonk. 'U doet er verstandig aan naar mij te luisteren. De ouders van Cita waren zeer bekende mensen. Beroemde voorvechters van universele mensenrechten. Ze hebben overal gewoond, ook in Azië trouwens. Veel invloedrijke mensen kennen hun naam nog steeds. Ik hoef slechts de secretaris-generaal van de VN te bellen en dan komt u meteen in de problemen.'

'U doet maar,' zei Rajendra en hij verbrak het gesprek.

Joris trok zijn oortjes uit en gooide zijn mobiel op tafel. Hij was boos op die zak van een rechercheur maar ook op zichzelf. Het voelde alsof hij Cita had verraden. Lang geleden had hij haar beloofd nooit de bekendheid van haar ouders voor wat dan ook in te zetten. Zijn vrouw was trots op het werk van haar ouders, maar ze wilde er nooit over praten. Het verdriet van hun verlies was na al die jaren nog steeds te rauw. En hij kon dan wel vinden dat die belofte achterhaald was, zolang Cita er zelf niet aan toe was, was het niet aan hem om die te breken.

Zijn mobiel ging af en even hoopte hij dat Rajendra terugbelde maar hij zag dat het Leelah was.

'Dag schoonzus, goed je te horen,' zei hij gemaakt opgewekt en nog voordat hij had kunnen vragen hoe het ging, begon zij al in rap tempo te kletsen. Over dat ze zo opgelucht was dat Evi terug was, dat het gelukkig niet zo ernstig klonk, dat het een schande was dat die arme William nog niet vrij was en dat het haar opviel dat Cita steeds verder ontspande. 'Ze vertelde mij net dat ze had geholpen bij een bevalling in de straat! Mijn zus ineens actief als dorpsdokter! Het klinkt als een slechte streekroman.'

Joris schoot ondanks zijn nijdigheid toch in de lach. 'Ik vrees dat ze zelfs Azië minder irritant begint te vinden.'

'Ik voel acuut een thema voor die roman opkomen. *Hoe een zoektocht naar een dochter een reis naar een jeugd werd.*'

Nu moest Joris zo hard lachen dat Lewis kwam kijken wat er aan de hand was. Hij hield zijn kop vragend scheef.

'Ja, je baas is gek geworden,' beaamde Joris en kriebelde de hond achter zijn oren. Lewis zakte gerustgesteld door zijn poten en legde zijn snuit op zijn voeten. 'Leelah, even iets anders. Wat weet jij over dat Australische team dat Katy's dood gaat onderzoeken?'

'Weinig. Maar ik geloof dat ze vanavond zijn aangekomen.'

'Vind je het niet een beetje raar?'

'Wat?'

'Nou, dat zo'n buitenlands team een potentieel moordonderzoek assisteert?'

'Raar?' herhaalde ze en voor het eerst in het gesprek viel Leelah even stil. 'Nee, ik geloof het niet. Hier in

Dhaka gebeurt het ook weleens. Als bijvoorbeeld een expat onder verdachte omstandigheden om het leven komt. Zeldzaam is het wel. Lokale politie vindt het toch vaak bemoeizuchtig.'

'Begrijp ik,' zei hij terwijl hij de peuk tussen het profiel van zijn schoen uituit peuterde. 'Wat weet je trouwens van het functioneren van de Balinese politie?'

'Ook weinig. Ik geloof dat ze behoorlijk corrupt zijn. En ik bedenk mij ineens dat na die verwoestende bomaanslagen in de clubs in 2002 ook al om Australische steun werd gevraagd. Hun methodes waren toch niet toereikend.'

'Ah, dat klinkt logischer.'

Leelah mompelde instemmend. 'Misschien kan dit team verschil maken. Hee zwager, ik moet ophangen.'

Ondanks de geruststellende woorden van Leelah voelde hij zich nog steeds onrustig. Hij stond op en rommelde wat aan de touwen op het dek. De wind trok aan en hij zag hoe de fok van een Valk midden op de plas boller was gaan staan. Zeilen, dat zou op dit moment de perfecte afleiding zijn. Hij appte het Kager Boothuys dat hij eraan kwam, sloot het ruim af en startte de motor van zijn sloep. Nog even en Evi zou weer bij hem in zijn Valk stappen.

26

'Goedemorgen,' zei Doran nog voordat ze haar mobiel op de speakerfunctie had gezet. 'Ik maak u toch niet wakker?'

'Nee hoor, ik ben zeker al een uur op.' Cita sneed haar laatste stuk mango in tweeën. 'En ik heb heerlijk geslapen.'

'Goed te horen. Ik wilde even weten of alles naar wens was.'

Wiegend in haar schommelstoel keek ze haar nieuwe huisje rond. Een minivilla, zoals het op de verhuursite werd aangeprezen. Doran bleek inderdaad een breed scala aan huizen op het eiland te bezitten, die hij aan toeristen en expats voor westerse prijzen verhuurde. Dit huis had ze met een forse korting gekregen, zoals alles onderhandelbaar was op het eiland. Ze was gevallen voor de brede veranda met zicht op de jungle en het charmante Balinese antiek. 'Het is hier perfect. Nogmaals veel dank dat je alles zo snel hebt kunnen regelen.'

'Ik ben blij dat ik iets kon doen. Die arme Evi. Fijn dat ze wat opknapt. Werkt de wifi ook beter?'

'Dat gaat nu uitstekend,' loog ze. De verbinding haperde nog steeds, maar ze vond het rustig zo. Haar werk thuis leek mijlen ver weg. Wás mijlen ver weg. De kliniek draaide ook gewoon door zonder haar. En dat voelde ongekend bevrijdend.

'Mooi. En zodra er iets is, moet u meteen bellen. Trouwens, u krijgt nog de groeten van Hendrad.'

'Ach ja, de lieve man. Doe hem maar de groeten terug.' Haar trouwe butler was in tranen geweest toen ze twee dagen geleden uit het hotel vertrok. Hij was overtuigd dat de goenagoena haar had verjaagd.

'Heeft de balian mijn kamer nog gereinigd?

Doran schoot in lach. Heel kort, want zoals alles wat hij deed was ook zijn vrolijkheid aan de regels van efficiëntie gebonden. 'Aan die Balinese obsessie met onbekende duistere krachten zal ik nooit kunnen wennen. Het was natuurlijk allemaal heel logisch te verklaren. Zoals u van Rajendra had gehoord was het een rancuneuze oud-werknemer van het hotel, die dezelfde dag nog alles had bekend.'

'Ja, dat begreep ik. Fijn dat dat zo snel is opgelost.'

Doran lachte opnieuw. 'Maar dat zal Hendrad nooit kunnen overtuigen. Die gelooft nog steeds in de straf van de goden.'

Na nog wat beleefdheden te hebben uitgewisseld, stopte ze haar mobiel in haar tas en haalde haar handen door haar haar. De vochtige warmte maakte haar bos nog voller. Eigenlijk functioneerde alles aan haar lichaam in Azië beter. Haar nagels braken niet, haar huid was minder droog en het zonlicht gaf haar veel energie. Zelfs de zwoele warmte begon te wennen. Ze kon zich nu eigenlijk al niet meer voorstellen hoe ze al die lange winters in Nederland had volgehouden.

Ze liep de steeg in en zwaaide naar haar overbuurman. De kersverse vader die bij de bevalling met trillende handen urenlang het voorhoofd van zijn vrouw met natte doekjes had staan deppen, stond nu trots wijdbeens op zijn veranda. Hij stak twee duimen in de lucht. Heel zacht hoorde ze op de achtergrond zijn zoon in het huisje wakker worden.

Een nieuw leven op de wereld zetten was absoluut het mooiste om te kunnen doen. De spanning of alles goed zou gaan, de intense blijheid van de ouders, de eerste kreten die het mensje maakte; een geboorte was toch elke keer weer een wonder. Dat was weliswaar een groot cliché, maar daarom niet minder waar. Wanneer was ze toch die diepe vreugde voor haar vak verloren?

Ze wandelde dieper de steeg in en de doorgebogen palmen vormden een groene poort over de weg. Dat de jungle tot aan de weggetjes doorgroeide, maakte de omgeving van Ubud zo bijzonder. Alsof de natuur de mens maar beperkt toegang had gegeven. Ze liep de hoek om en tot haar verrassing zag ze Evi verderop in kleermakerszit op de veranda zitten.

'Hee schat, dat ziet er goed uit,' constateerde ze toen ze dichterbij kwam. 'Voel je je inderdaad wat beter?

Maar Evi reageerde niet en ze bleef met haar ogen dicht doodstil rechtop zitten. Pas nu besefte Cita dat haar dochter aan het mediteren was. Dat kon alleen maar een goed teken zijn en ze ging zwijgend in de stoel naast haar zitten.

Evi zag er inderdaad beter uit. De zwellingen in haar gezicht waren geslonken en de wonden oogden minder vurig. Haar gebroken arm liet ze op haar knie rusten. En met haar haar losjes opgestoken, de mondhoeken licht gekruld, het slobberige katoenen topje en de wijde yogabroek, leek ze weer op de Evi die ze kende.

Cita benijdde de rust die haar dochter uitstraalde. Het leek wel of ze op het eiland geboren was. Ze had hetzelfde aura van mildheid om zich heen als de meeste Balinezen. En tegelijkertijd ook dezelfde afstand die bijna elke eilandbewoner zich eigen had gemaakt. Misschien was het zelfbescherming tegen de vloedgolf van het toerisme, maar Balinezen leken achter een soort glazen wand te leven. Ze keken je aan, lachten vriendelijk, oogden toegankelijk maar waren toch niet echt bereikbaar.

Ze bestudeerde Evi's gezicht. Het was zowel open als gesloten, net als bij de Balinezen. Ze had al een paar keer geprobeerd om met haar te praten maar kwam niet door haar schild heen. Evi ontweek elke poging tot dieper contact. Ze vertelde wel over haar leven op Bali en dat ze voorlopig niet weg wilde, maar op haar vraag waarom Ubud haar dan zo precies aansprak, ging ze niet in.

Ook toen ze vertelde over Katy's dood kwam Evi niet dichterbij. Ze was verdrietig, maar Cita had haar niet mogen troosten. Ze had alleen een anekdote verteld over een paar kooklessen die ze ooit samen hadden gevolgd. Met maar één doel: de perfecte satésaus leren maken. Uiteindelijk vonden ze beiden het recept van de oude vrouw aan het begin van hun steegje de lekkerste. Alle moeite voor niets. Toen Cita probeerde door te vragen over hun vriendschap en hun gezellige huisje sloot Evi zich weer af.

Ze wilde graag begripvol zijn en haar dochters geslotenheid respecteren, maar ze had er ook moeite mee. Joris had haar aangeraden Evi de tijd te geven. Als reden hiervoor refereerde hij aan haar herstel, maar Cita wist dat hij tussen de regels door bedoelde dat hun dochter vooral weer moest wennen aan een moeder die aandacht gaf.

Inmiddels gleed de vochtige warmte als een deken verder over haar heen en ze voelde zich steeds slaperiger worden. Net toen haar ogen dichtzakten, sneden ratelende scooters door de stilte heen. Vol gas kwamen twee motorrijders de steeg in rijden. De voorste was een Balinees die gewoontegetrouw zijn helm aan zijn stuur had hangen. De wet schreef voor dat je een helm bij je moest hebben, niet expliciet dat je hem moest dragen. De achterste chauffeur zag eruit alsof hij ten strijde trok. Een strak uniform, stevige integraalhelm en een soort beschermend geelkleurig hesje. Vlak voor de veranda hielden ze stil.

Loom opende Evi een oog, maar zei niets. Ook Cita besloot na zoveel aangekondigd lawaai eerst meer even te zwijgen.

De achterste man stapte met krachtige bewegingen van de scooter. Na wat gepeuter aan het riempje trok hij daarna met dezelfde grootse gebaren zijn helm af. Even deed de man haar aan George Clooney denken maar daarna viel het meteen op dat deze versie grover was. Hij had forse baardgroei, een kaalgeschoren hoofd en zware wenkbrauwen. Het was dat hij een kuiltje in zijn wang had, anders was hij intimiderend geweest.

'Bent u Evi Wolters?' vroeg hij zonder zijn hand uit te steken. 'Ik kom u wat vragen stellen.'

Evi kroop uit haar meditatiehouding en ging rechtop staan. 'En u bent?'

'Ja, ja, dat is waar natuurlijk. Eerst voorstellen. Ik ben Jack. En dit mijn lokale gids Ketut. Ik kom Rajendra helpen met het onderzoek.'

'En Rajendra vindt dat zelf ook een goed idee?' kon Cita niet nalaten te vragen.

Jack zuchtte en ging op het trapje van de veranda zitten. 'Ik ga niet over de gevoelens van Rajendra. Katy's dood is een vreemde zaak. En haar moeder wil dat opgehelderd hebben. Dat is het enige wat ik moet weten.'

Evi ging naast hem zitten. 'Wat is dan zo vreemd aan haar dood?'

Jack vertelde in rap tempo wat de forensische arts had ontdekt. Hij praatte met zoveel Australische afkortingen dat Cita moeite had de man te volgen. Evi leek het volkomen te begrijpen en knikte mee met zijn relaas.

'Dus ze is echt overleden door de aanrijding,' vatte Evi zijn verhaal samen en Cita zag dat haar lip trilde. 'Was ze op slag dood?'

Jack knikte. 'Al morsdood voordat ze het ravijn instortte en in de fik vloog. Twee mannen hebben gezien dat ze doelbewust van de weg werd gereden. Door een wit bestelbusje. En probeer die maar eens op dit klote-eiland terugvinden. Het lijkt wel alsof ze dat model hier hebben uitgevonden. Er rijden er fucking miljoenen rond.'

Ketut zweeg en keek weg. Waarschijnlijk oprecht gekwetst door de harde woorden over zijn eiland. Balinezen zijn zo trots op hun cultuur dat kritiek als een persoonlijke aanval voelt. Maar Jack had het niet door en brieste verder. 'Dit eiland is echt in verval. De criminaliteit blijft maar stijgen. Allemaal drugs gerelateerd natuurlijk. Gebruik jij trouwens, Evi?'

De directheid van zijn vraag stak Cita als een wesp en ze sprong op. 'Hoe durft u!'

'Laat maar mam,' zei Evi en ze gebaarde dat ze weer moest gaan zitten. 'Ik vind het eigenlijk wel een terechte vraag en het antwoord is nee.'

'Ook niet af een toe een pilletje? Om het lange dansen vol te houden?' vroeg Jack nu met meer begrip in zijn stem alsof hij daarmee Evi ontboezemingen kon ontlokken.

Ze schudde haar hoofd. 'Ik heb van dichtbij gezien wat verslaving kan doen. Ik wil geen risico nemen.'

'Wist je dat Katy verslaafd was?'

'Ja, natuurlijk. We woonden in één kamer.'

'En heb je nooit gedacht daar weg te gaan?' vroeg Jack verder.

'Juist niet. Ik hoopte door te blijven haar te kunnen helpen.'

Cita's keel kneep samen. Evi schoot vaker in de rol van geduldige helper. Een houding die verklaarbaar was door haar relatie met Joris. Het deed Cita weer beseffen hoe bepalend dat soort intense jeugdherinneringen waren. En hoe spijtig ook. Evi had nog een heel leven te gaan. Ze verdiende het niet nu al zoveel mentale bagage mee te moeten zeulen.

'Nou, duidelijk zonder resultaat,' zei Jack bot. Zijn wangen werden door de warmte steeds roder. Het maakte zijn voorkomen nog woester. 'Maar maak je niet druk. Haar moeder is het ook nooit gelukt. Die werd gek van haar. Die heeft haar letterlijk Australië uit gedonderd.'

Cita had het inmiddels fors gehad met deze tactloze aussie, maar Evi ogenschijnlijk niet.

'Denkt u dat haar drugsprobleem iets met haar dood te maken had?' vroeg ze nog steeds vriendelijk.

Jack haalde zijn schouders op. 'Ik weet niets zeker. Maar we houden er rekening mee dat ze zelf drugskoerier was, om zo haar eigen verslaving te kunnen financieren. Misschien had ze ruzie met een afnemer gekregen. Of juist met haar leverancier.'

Hij wees op haar gespalkte arm. 'En jij? Ben jij ook van de weg gereden?'

'Geen idee. Ik kan mij van het ongeluk niets meer herinneren. Misschien reed ik wel net wat te hard de berg af.'

Jack veegde met zijn mouw het zweet van zijn gezicht. 'Heel waarschijnlijk. Sinds Julia Roberts in *Eat Pray Love* zo blij door de rijstvelden fietste, zijn er tientallen onnozele toeristen met hun tweewieler in het ravijn verdwenen.'

Ze zwegen nu alle vier. En alsof ze een hint kregen, klonken de krekels ineens zo luid dat de stilte volledig werd opgevuld. Wonderlijk hoe die kleine beesten golven van oorverdovend getjirp konden laten horen.

'Ik denk dat we moeten gaan,' zei Ketut ineens, turend op zijn mobiel. 'U hebt over vijftien minuten weer een afspraak in Ubud.'

Jack knikte en stond op. 'Bij Katy's collega's van Radiantly Alive. Misschien weten die iets over haar clientèle te vertellen.'

'Nog een vraag,' zei Evi en ze wreef over haar gebroken arm. 'Kunt u ervoor zorgen dat mijn vriend William vrijkomt? Hij zit nog steeds vast op verdenking van mijn verdwijning. Het lijkt mij nu wel duidelijk dat dat nergens op slaat.'

Jack zuchtte zwaar en wapperde zich met zijn helm onhandig wat koelte toe. 'Dat zei je vader ook al.'

'Haar vader?' vroeg Cita oprecht verbaasd. 'Heeft hij u gebeld?'

Jack schudde zijn hoofd. 'Rajendra. Hij heeft ons beiden nogal dwingend gevraagd William vrij te laten. Maar dat kan ik niet beloven. Rajendra lijkt ervan overtuigd te zijn dat hij iets met Katy's dood te maken heeft.'

Evi sprong op. 'Met haar dood? Dat slaat toch nergens op!'

'Dat kan ik niet beoordelen,' zei Jack terwijl hij naar zijn scooter liep. 'Maar ik zal eens informeren hoe het met de aanklacht staat. Je hoort nog van mij.'

De mannen reden knetterend de steeg uit en Cita pakte Evi's hand. 'Ik vind het allemaal zo ellendig voor je.'

'Weet ik mam,' zei Evi en ze trok haar hand terug. 'Ik ga even op bed liggen.'

'Kom op Evi, laten we praten.'

'Waarover?'

‘Weet ik veel. We hebben zoveel bij te praten. Ik wist bijvoorbeeld niet eens dat je zo mooi kon fotograferen. Ik heb de afdrukken in je huisje gezien. Echt heel...’

‘Je weet heel veel niet van mij,’ onderbrak Evi haar en ze wilde al naar binnen lopen, maar Cita pakte opnieuw haar hand vast. ‘Precies, en daarom wil ik even bijpraten.’

‘Even bijpraten?’ herhaalde Evi en haar stem klonk ongekend scherp. ‘We hebben jaren nodig om een beetje bijgepraat te raken. Je hebt om te beginnen geen idee hoe het voor mij als puber was. Jullie waren alleen maar met jezelf bezig, vonden jullie eigen problemen al erg genoeg. Ik was ongelooflijk eenzaam.’

De beschuldiging kwamen als een stomp haar maag binnen en Cita dook in elkaar. Maar Evi had volkomen gelijk en nu was misschien wel het moment daar om dat te benoemen. Ze haalde diep adem. ‘Ja, dat was een moeilijke tijd. Papa worstelde met zijn depressie en de alcohol. Ik moest alles draaiende houden. Zorgen dat er geld binnenkwam. Ik kan mij voorstellen dat je je toen wel wat vergeten heb gevoeld.’

‘Jezus mam, doe toch niet zo zakelijk. Ik was jong en kwetsbaar. Jullie hadden er gewoon voor mij moeten zijn.’

Hoewel Cita begrip wilde tonen, voelde ze zich toch aangevallen. ‘Maar ik was er voor je! Heb je dan niet alles gekregen wat je wilde? Je tussenjaar. Je studie. Dat moest toch allemaal betaald worden?’

Evi zuchtte. 'Ja en daar ben ik je natuurlijk ook dankbaar voor.'

'Maar waarom ben je dan alleen boos op mij? En niet op je vader? Die heeft er een veel grotere puinhoop van gemaakt dan ik,' zei ze en ze wist meteen dat ze te ver was gegaan.

Haar dochters ogen werden een tint donkerder. 'Papa heeft al lang geleden oprecht sorry gezegd. Maar jij bent nog steeds alleen met jezelf bezig.'

Ze wilde reageren maar Rania kwam plotseling gillend de steeg in. 'Ibu Cita. Kom! Kom snel.'

'Ik kan nu niet komen,' riep ze terug en ze wendde zich daarna weer tot Evi.

'Jawel. U moet nú komen!' riep Rania nog harder en ze zwaaide wild met haar armen. 'De baby. Hij ademt niet meer. Snel.'

Even twijfelde Cita nog, maar nu knikte Evi haar toe. 'Ga mam, alsjeblieft.'

'We praten later verder,' zei ze terwijl ze Rania tegemoet rende. 'Beloofd!'

27

'Hee, je belt niet via FaceTime.'

'Hallo zusje,' zei Cita licht buiten adem. 'Ik loop nu te snel. Gewoon bellen is handiger.'

'Waar ga je naartoe?'

'Terug naar Evi. Ik was even bij die nieuwe baby gaan kijken. Die was opeens benauwd. Het bleek dat zijn oudere zusje hem stiekem een stukje mango had gevoerd.'

'Nee, mango eten lukt niet als je pas een dag oud bent,' concludeerde Leelah. 'Balinezen passen doorgaans heel goed op hun baby's.'

'Ja, dat is bijzonder om te zien. Het hele leven hier is doordrenkt van rituelen. Zelfs de placenta wordt begraven om de goden gunstig te stemmen. En de baby mag de eerste drie maanden van zijn leven de grond niet raken. Dat brengt ongeluk. De kleine wordt constant door familieleden gedragen.'

'Bijzonder, inderdaad.'

Ze stak de hoofdstraat over en dook het weggetje in.

Op de veranda van haar huis lag op de hoek een offertje. De wierook smeulde nog na. 'Mijn eigen huis is inmiddels ook beschermd tegen het kwaad. Rania had gisteravond laat nog de priester opgetrommeld. Hij heeft nauwkeurig zeven plaatsen aangewezen waar op mijn erf geofferd moet worden. En ze heeft het op zich genomen dat elke dag voor mij te doen.'

'Nou, dat is inderdaad een hele opluchting. Ik was al bang dat je onbeschermd aan de goden overgeleverd was.'

Cita schoot in de lach. 'Maak er maar weer een grap van. Hier wordt het heel serieus genomen.'

'Weet ik schat. En zo te horen doe je er stiekem een beetje aan mee.'

'Dat kan toch geen kwaad?' vroeg ze toen ze Evi's steegje in liep. 'We kunnen allemaal wel wat hulp tegen het slechte gebruiken.'

'Dat is zeker waar. Trouwens, ik hoorde dat Joris ook hulpvaardig is geworden.'

Cita begon door haar eigen snelheid nu te hijgen en draaide haar tempo wat lager. 'Ik was ook verbaasd. Maar wel fijn dat zijn lethargische buien zijn verdwenen.'

'Heb je hem dat ook zelf verteld?'

'Ik probeer hem al de hele ochtend te bereiken, maar hij neemt niet op.'

'Wat wil je? Het is in Nederland midden in de nacht!'

'Toch vind ik het vervelend,' hield ze koppig vol. Ze

zag dat er meerdere scooters voor Evi's huisje stonden en begon meteen weer sneller te lopen. 'Hij had beloofd zijn mobiel bij zich te houden. Voor als er iets met Evi zou zijn.'

'Laat die arme man slapen. Waarschijnlijk was hij doodmoe van alle spanning.'

'Je hebt natuurlijk weer gelijk. Ik moet nu ophangen. Evi heeft bezoek en ik denk dat ze wel wat hulp kan gebruiken.'

Ze namen met een kus door de telefoon afscheid en Cita telde dat er vier scooters achter elkaar in het steegje stonden. Ze moest zich kleiner maken om erlangs te komen.

Door de kakofonie van geluid dat uit het huisje opsteeg, leek het wel alsof tientallen jongeren rond Evi's bed waren gaan zitten. Maar toen ze binnenkwam bleken het er gelukkig niet meer dan vijf. Ze zag de twee yogameisjes, Alice en Melissa, Tommy van de Greenschool met een onbekende Balinese jongen vol tattoos naast zich, en Doran, die meteen opstond om haar zijn stoel aan te bieden.

Cita schudde haar hoofd. 'Nee joh, blijf lekker zitten. Ik wacht buiten wel.'

Evi lag stralend op bed tussen het onverwachte bezoek in, maar Cita kon het toch niet laten te vragen of ze niet te lang wilden blijven. Melissa gaf haar een opgestoken duim en Doran verzekerde dat ze over een kwartiertje zouden vertrekken.

Cita trok zich terug op de veranda en luisterde met een half oor mee naar de verhalen over Katy's begrafenis in Melbourne, dat er een nationale plastic-opruimdag zou komen als een eerbetoon aan Katy's inzet en dat de voetreflexmassage bij de Adiguna Spa echt de beste van Ubud was. Het klonk als een betrokken leven dat ook luchtig was, zonder dat het oppervlakkig werd. Haar dochter had het hier op haar bescheiden manier in een korte tijd goed op de rit gekregen.

Rania kwam aangesjokt vanachter de keuken met een mand onder haar arm. Rond het middaguur lag het Balinese tempo laag, niemand wilde het te warm krijgen. Rania knikte haar zwijgend toe en kroop op haar knieën naast de vijver. Eerst kregen de grote goudvissen stukjes gedroogde garnalen te eten en daarna verzorgde ze met een kleine schaar de roze lotusbloemen die alweer wijd open waren gevouwen.

De bloemen waren zo groot als schoteltjes en de felgele stampers leken wel lolly's. Rania viste met een netje de losse blaadjes uit het water en maakte het fonteintje schoon. Met zoveel toewijding je dagelijkse taken volbrengen, was toch iets om jaloers op te worden.

'Ook dit is geen verkeerde plek,' klonk ineens een stem achter haar.

Cita schrok op en zag dat Doran naar buiten was gelopen.

'Nee, zeker niet,' zei ze, terwijl ze opstond. 'Rustgevend genoeg voor Evi om goed te kunnen herstellen.'

Doran knikte en speelde met zijn goudkleurige horloge. Hij leek haar iets te willen vertellen maar aarzelde duidelijk.

'Is er nog iets?' moedigde ze hem aan.

Hij deed een stapje naar voren en fluisterde: 'Ik wil eigenlijk niet dat Evi dit hoort, maar ik vind wel dat u het moet weten.'

'Goed, vertel maar.'

'In Kuta heeft vannacht een Singaporese jongen een scooterongeluk gehad.'

'Ook dodelijk?' vroeg ze.

'Ik vrees van wel.'

Cita wilde hem nog veel meer vragen, maar aan het gerommel uit het huisje te horen, maakte nu ook rest van de groep aanstalten te vertrekken. Cita moest eerst even slikken voordat ze iedereen die de veranda opstapte een hand kon geven. 'Fijn dat jullie zijn gekomen.'

'Vooral fijn om Evi zo opgeknapt te zien,' zei Tommy die haar weer een stevige knuffel gaf. 'We hebben ons allemaal grote zorgen gemaakt.'

'Ja, het was een verschrikkelijke tijd,' beaamde Cita en ze moest opnieuw slikken – nu van de geur van oud zweet die uit Tommy's overhemd opsteeg.

Evi liep ook voorzichtig naar buiten en bleef vlak naast haar staan. En toen iedereen bij de scooters stond, fluisterde ze in haar oor. 'Sorry mam.'

De twee woorden voelden voor Cita als een zijden

doek die haar lichaam licht streelde. Ze gaf haar dochter een kus op haar vlecht. 'Het spijt mij ook.'

En tussen al het vrolijke geklets van de groep door, was daar ineens de verbinding waar ze zo naar had verlangd. Cita sloeg een arm om Evi's schouders en hoopte dat ze nog heel lang zo dichtbij kon blijven.

Gierend van de lach probeerden de gasten hun scooters in de smalle steeg om te draaien. Doran en Melissa was het al gelukt. Maar de frêle Alice, die de jonge Balinees achterop had, lukte het niet een bocht te maken. Tommy, die zijn scooter al had gestart, probeerde haar te helpen en dook over zijn stuur heen.

Maar door deze onhandige beweging verloor hij de controle over zijn eigen scooter die met een rotvaart vooruitschoot en met volle vaart tegen een betonnen muur aanreed. Luid geschraap van metaal galmde door de steeg en de toeter bleef op een nare hoge toon hangen.

Geschrokken sprintte iedereen richting Tommy die beklemd lag onder zijn nog door loeiende scooter. Met een krachtige ruk trok Doran in een keer het zware apparaat omhoog en Cita ging op haar hurken naast de beduusde Canadees zitten. Ze checkte snel of hij ledematen had gebroken en of hij zich had gebrand aan de uitlaat, maar behalve geschaafde knokkels door de klap tegen de muur, was hij verrassend ongeschonden.

'Dat valt gelukkig mee,' zei ze en ze hielp Tommy omhoog.

Doran reikte hem zijn scooter aan. 'En volgens mij is zelfs dit ding heelhuids uit de strijd gekomen.'

Cita keek over haar schouder terug naar het huisje en zag tot haar schrik dat Evi in elkaar gedoken op de veranda zat.

'Schat, wat is er gebeurd?' riep ze, terwijl ze naar haar toe rende.

Evi keek haar lijkbleek aan. 'Ik herinner mij het weer.'

'Wat? Wat herinner je je?'

'De crash. Het was geen ongeluk. Een wit busje kwam ineens op mij af en reed vervolgens recht op mij in. Daarna ramde vanachter een motor op mijn fiets.'

Cita sloeg haar hand voor mond. 'Jezus, Evi. Weet je het zeker?'

Ze knikte en haar onderlip trilde. 'Het was vreselijk. Nadat de bus mij toeterend had geraakt, reed de motorrijder nog eens over mijn arm heen. Ik ben van de weg gerold en doodstil blijven liggen. Ze dachten dat ik dood was. Die klap van net bracht alles weer tot in detail terug.'

Het zweet brak Cita uit en het liep meteen in straaltjes over haar rug. Ze ging naast Evi zitten en trok haar dicht tegen zich aan. 'Lieverd toch.'

'Dit verandert alles,' zei Doran die weer geruisloos naast haar was komen staan. 'Rajendra en die Australiër moeten dit onmiddellijk weten.'

Cita greep haar mobiel van tafel. 'Ik bel Jack.'

'Misschien is het beter als we direct naar het bureau

rijden,' stelde Doran voor. 'Dan kunnen we meteen alles bespreken.'

Hij hintte duidelijk op het andere geval in Kuta en Cita dacht zelf ineens weer aan de kreet op haar spiegel. Misschien was het toch geen rancuneuze hotelmedewerker. Zo niet, dan kreeg die nu ook een andere lading. Net als de woorden van de verpleegster uit het ziekenhuis.

'Misschien is dat wel beter ja, maar niet nu,' zei ze en wees Doran met haar ogen naar Evi die nog in elkaar gedoken op de grond zat.

'Nee, dat begrijp ik,' zei Doran meteen en hij stapte de veranda al af. 'Ik ga eerst zelf wel.'

Maar haar dochter keek op. 'Mam, ga mee. Ik vind het juist fijn als jij het gesprek voert. Dat soort dingen kun je goed.'

Cita keek rond. Behalve Evi's vrienden die hen van afstand vragend stonden aan te kijken, wist alleen Rania dat Evi hier zat. Waarschijnlijk was dit de veiligste plek voor haar dochter om te blijven. 'Goed, ik ga mee.'

Ze gaf Evi een kus en liep naar Dorans scooter.

'Ik rij met jullie mee naar Ubud. Evi heeft nog wat medicijnen nodig,' gaf ze de groep een vage reden. Liegen was niet haar sterkste kant.

Ze kroop achterop bij Doran en het viel haar op dat hij totaal niet bezweet was. Terwijl haar T-shirt al helemaal aan haar rugzat vastgeplakt. Als je maar lang genoeg op het eiland verbleef, gaven je zweetklieren het kennelijk vanzelf op.

Vanachter op de scooter stuurde ze met één hand een berichtje naar Rajendra dat ze eraan kwamen. Ook probeerde ze opnieuw Joris te bereiken. Maar die nam nog steeds zijn telefoon niet op.

28

Zijn mobiel ging. Joris wist het zeker, maar het duurde heel lang voordat hij doorhad dat het niet in zijn droom was. Met zijn ogen dicht gleed zijn hand tastend over de lakens. Nergens was het ding te vinden. Ook op het nachtkastje lag zijn telefoon niet. In zijn gegraai stootte hij wel een boek op de grond.

'Verdomme,' gromde hij en hij zocht het lichtknopje.

Ineens werd krachtig aan zijn graaiende hand getrokken. Met een enorme smak viel hij uit bed.

'*What the fuck?*'

Hij keek op en zag in het donker twee silhouetten over hem heen gebogen.

'Flikker op,' riep hij en hij probeerde op te krabbelen.

Nog voordat hij rechtop stond, kreeg hij een dreun tegen zijn kaak. Het leek alsof zijn hoofd 360 graden draaide. Hij struikelde, kon nog net blijven staan en gooide zich naar voren op de man. Geen tijd om uit te halen voor een klap en krijsend zette hij zijn nagels in het gezicht van de vent.

Met een ingehouden gil viel zijn tegenstander tegen de houten wand. De boot kraakte. Op dat moment voelde Joris een doffe stomp tegen zijn rug. Hij hapte naar adem en viel voorover. Een trap in zijn zij. Een schop tegen zijn hoofd.

'Klootzakken,' kreunde hij en hield zijn handen ter bescherming om zijn hoofd.

Hij zette al zijn spieren schrap voor de volgende klap. Maar de mannen renden zijn kamer uit en gooiden de deur dicht. Lewis begon ongekend hard te blaffen. Maar na een korte piep was hij doodstil.

Daarna klonk gestommel en het leek alsof al zijn meubels werden verschoven. Joris drukte zich op. Een steek schoot door zijn borst. Jezus. Rib gekneusd. Half kruipend kwam hij bij de deur, trok zich op aan de hendel en duwde zo hard hij kon. Natuurlijk hadden ze zijn deur gebarricadeerd. Hij trapte ertegenaan, schreeuwde dat ze hem eruit moesten laten en bonkte op de deur. Maar het enige wat hij hoorde was dat de twee over het dek wegrenden en waarschijnlijk nu al op de wal stonden.

Joris voelde zich duizelig worden en greep naar zijn hoofd. Een natte plek op zijn haar. Verdomme, ook nog een hoofdwond. Nu pas voelde hij ook de straal bloed langs zijn nek naar beneden glijden.

'Lewis. Lewis!' riep hij schor maar de hond gaf geen kik. De kamer begon te draaien en voordat hij zich kon vastgrijpen gleed hij onderuit.

29

Ze draaiden de bocht om en waren nu bijna bij het politiebureau. Maar ineens stonden ze muurvast. Vlak voor het paleis was er een grote verkeersopstopping. Auto's, busjes en scooters probeerden op een kruispunt van tien vierkante meter luid toerend vooruit te komen, maar er zat geen centimeter beweging in. Tussendoor schoten opgejaagde verhitte toeristen en Balinezen met manden vol offers de straat over.

'Het zijn de voorbereidingen voor de crematie,' riep Cita in Dorans oor. 'We zitten er middenin vrees ik.'

Doran gaf wat gas en probeerde een hoge stoep op te komen, maar verloor bijna de macht over zijn stuur.

'Dat wordt lopen,' zei Cita en ze klom van de achterzit af. Overal rook ze wierook en verbrande kokospalmbladeren. Het was duidelijk dat de offerrituelen al waren begonnen. De zon prikte op haar hoofdhuid en haar mond voelde droog. Voor het eerst verlangde ze oprecht naar de koude airco van het politiebureau. Ze zag het uithangbord aan de overkant van de straat al hangen, maar wist dat het nog lang ging duren voordat ze daar zouden aankomen.

Achter zich hoorde ze Doran ingehouden vloeken en ze probeerde tussen de krioelende massa kleine openingen te zoeken waar ze doorheen konden schieten. Al snel kwam ze erachter dat het totaal kansloos was. Wanhopig keek ze achterom. 'Het lukt niet.'

Ineens klonk er vier keer achter elkaar een hoge fluit en meteen deinsden scooters opzij en auto's naar achter. Binnen een paar seconden ontstond een smalle gleuf recht door het verkeer heen naar de overkant van de straat. Daar stond naast een onbewogen verkeersagent Rajendra woest te wenken.

Snel schoten ze de straat over. Doran parkeerde zijn scooter ongegeneerd midden op de stoep, maar het liet de agent onverschillig. Hij was alweer gaan zitten op zijn kruk onder de vijgenboom op de hoek. Ook Rajendra leek het niets te schelen. Hij maakte juist een kleine buiging. 'Meneer Doran, wat goed u weer te zien.'

Doran knikte licht, maar gaf verder geen blijk van herkenning.

Binnen stond Jack op ze te wachten. Doran stelde zich voor en excuseerde zich meteen. Als het niet veel uitmaakte ging hij liever naar de Workingplace waar op dit moment een TEDX-bijeenkomst aan de gang was.

'Waarom heb je dat niet eerder gezegd?' vroeg Cita zichzelf koelte toewapperend met haar shirt. 'Nu voel ik me schuldig dat ik je hierheen heb gesleept.'

Doran schudde zijn hoofd. 'Ik ben juist blij dat ik eindelijk iets voor u kon doen. Succes.'

'Wie was deze Zuid-Amerikaanse playboy?' vroeg Jack toen Doran net de deur was uit gelopen.

Rajendra fronste zijn zware wenkbrauwen. 'Playboy? Meneer Doran is een succesvol zakenman, die na de aanslagen het toerisme op het eiland heeft gered. Iedereen kent hem.'

'Dat zal wel,' mompelde Jack en hij koos ervoor het onderwerp verder te laten rusten.

Rajendra liep voor hen uit naar een bespreekkamer waar het zo koud was dat je melk en vlees er probleemloos weken in kon bewaren. Ze namen plaats op de hoek van een lange tafel en bespraken de laatste ontwikkelingen. Cita hoorde zelf hoe bang en hoog haar stem klonk, toen ze vertelde over Evi's teruggekeerde herinneringen.

'Dat verbaast mij eerlijk gezegd niets,' onderbrak Jack haar verhaal en hij negeerde haar angst. 'Dat lag natuurlijk voor de hand. Het was precies dezelfde MO.'

'MO staat voor modus operandi. De manier waarop criminelen werken,' legde Rajendra uit en vergeleken met de Australische boer klonk de norse rechercheur ineens als een oase van begrip. 'We gaan nu van het scenario uit dat de Laskarbende weer eens een afschrikkingscampagne heeft gehouden. Zij zijn een van de grotere maffiabendes op het eiland. Waarschijnlijk is er ergens binnen hun gelederen verraad gepleegd en proberen ze zo weer iedereen angst aan te jagen.'

'Daar past dan ook die kreet in uw badkamer in,' voegde Jack toe, die duidelijk goed op de hoogte was. 'Dat soort acties doen ze wel vaker. Ik neem aan dat ze uw gewroet in hun zaken maar vervelend vonden.'

Ze voelde dat haar rechterbeen begon te trillen. 'Maar dat betekent dat ze weten wie ik ben. En dat ik naar Evi op zoek was.'

'Welkom op Bali,' zei Jack en hij zakte onderuit. 'Op dit eiland weet iedereen alles van elkaar.'

Opnieuw fronste Rajendra zijn wenkbrauwen. Hij was duidelijk geërgerd maar besloot niet op Jacks opmerking in te gaan en legde uit dat ze inschatten dat het schrikbewind nu voorbij was. 'Vaak plegen ze een paar keer grof geweld, zodat iedereen die het aangaat bang wordt. Soms worden de slachtoffers juist met opzet willekeurig uitgekozen.'

'De verwarring is dan onderling het grootst,' vulde Jack aan. 'Mensen gaan elkaar beschuldigen. En u weet: wie verdeelt, heerst. Alleen bij echte chaos zijn ze ook niet gebaat. Dus na een tijdje stopt het geweld weer.'

'Echt?' vroeg ze.

Jack knikte. 'Daar gaan we nu wel van uit.'

Ze trommelde zacht met haar vingers op tafel. Een tic die haar hielp focussen. Ergens klonk het verhaal van de twee heren logisch. Dat ze westerse meisjes uitkozen, paste ook in het plaatje. Die kregen vaak veel aandacht en daardoor verspreidde de angst zich snel. Maar toch was ze nog niet helemaal overtuigd. 'En die jongen dan in Kuta?'

Heel kort wisselden de twee een blik uit, alsof ze verbaasd waren dat ze van dit voorval op de hoogte was. Jack ging wat rechterop zitten. 'Die had geen buitenstaander nodig voor zijn dood. Hij bleek tot zijn kin gevuld met drugs. Waarschijnlijk kwam hij van een van de orgieën die vaak in de dure villa's in Seminyak worden gehouden. Een taxichauffeur zag hem 's ochtends vroeg, zwalkend op zijn scooter frontaal tegen een hotelmuur rijden.'

Er klonk een ferme klop op de deur voordat die openzwaaide. Een agent stapte binnen, keek kort naar Rajendra, die meteen opstond. 'Als u even wilt wachten? Ik heb nog iets voor u. Ben over vijf minuten terug.'

Ze knikte terwijl ze het liefst zo snel mogelijk weg zou zijn gegaan. Terug naar Evi. Maar ze wilde dit gesprek eerst goed afronden.

Rajendra liep de kamer uit en sloot de deur achter zich. Meteen hing er een ongemakkelijke stilte in de ruimte. Ze was niet graag alleen met Jack. Andersom gaf hij ook haar niet het gevoel dat hij haar gezelschap waardeerde. Hij pakte een opschrijfboekje uit zijn binnenzak en begon er driftig in te bladeren. Toen hij aan het eind gekomen was, begon hij opnieuw. Opeens sloeg hij met zijn vinger op een pagina.

'Ja, hier staat het. Ik wist het,' zei hij en hij keek op van zijn papiertje. 'Uw ouders zijn Peter en Lila Wolters.'

'Dat klopt,' zei ze en ze besloot meteen dat ze het met deze man niet over haar ouders zou hebben. Demonstratief sloeg ze haar armen over elkaar.

Maar dat weerhield Jack er niet van een lang verhaal over haar ouders te houden. Hoeveel ze voor de gezondheidszorg in Azië hadden betekend. Hoeveel klinieken ze hadden opgezet in afgelegen gebieden. Dat ze de strijd aangingen met lokale overheden om ook voor de allerarmsten medische zorg te regelen. Dat hun naam nog met respect nagalmde en dat het meer dan terecht was dat hun erfenis in de vorm van de Lila Foundation laatst nog een Aziatische mensenrechtenprijs had gewonnen.

Cita kende deze feiten natuurlijk zelf ook, maar Jack vertelde het haar alsof ze totaal onwetend was. Zijn ogen glinsterden van enthousiasme en zij kon alleen maar denken: waarom weet deze Australische man deze details over mijn ouders?

Plotseling leek hij te beseffen wat hij aan het doen was. 'Ik zie je kijken, die *dude* is gek.'

'Dat kwam in mijn hoofd op, ja.'

Zijn vette lach vulde de ruimte en zijn gezicht zag er opeens veel vriendelijker uit. 'Sorry, beroepsdeformatie. Als ik eenmaal een naam hoor, moet ik alles over die persoon te weten komen.'

'Dat maakt je vast tot een goede rechercheur. Ik was

ook al zo verrast hoeveel je over de criminaliteit van het eiland wist,' probeerde ze niet al te opzichtig van onderwerp te veranderen.

Jack haalde zijn schouders op. 'Toeristen zien slechts het tropische paradijs. Met lieve mensen, stralende stranden en heerlijk eten. En terecht, dat is Bali ook. Maar wat velen niet weten, is dat het ook sneeuwt op het eiland.'

'Sneeuwt?'

Nog voordat Jack zijn raadselachtige uitspraak kon uitleggen, zwaaide de deur weer open. Rajendra begeleidde een voorovergebogen lange vent naar binnen.

'William,' riep ze uit en ze sprong meteen op. Ze schaamde zich dood dat ze vergeten was naar hem te vragen. 'Hoe is het met je?'

'We hadden zijn verhoor wat verkeerd geïnterpreteerd, verder gaat het uitstekend met hem,' antwoordde Rajendra voordat de Schot iets kon zeggen. 'En nu we zo goed als zeker weten dat de Laskarbende achter de ongelukken zit, is de heer MacLeod vrij om te gaan.'

Nu pas keek William op en ze zag de intense opluchting in zijn gezicht. Hij zag er beter uit dan de eerste keer dat ze hem had gezien. Minder vermoeide ogen en hij had zich duidelijk recent nog mogen scheren. Waarschijnlijk had hij na haar komst of door toedoen van Jack een betere behandeling gekregen.

'Mevrouw Wolters, wat ben ik blij u te zien,' zei William toen hij op haar af liep. Tranen vulden zijn ogen.

'Ik hoorde dat Evi weer veilig terug is.'

Ze pakte zijn hand. 'Ja, jongen. Alles is goed met haar. Kom maar mee.'

Cita bedankte Rajendra en beloofde hem over Evi's gezondheidstoestand te blijven informeren. Jack gaf ze een hand.

'Dank voor je accurate politiewerk,' zei ze formeel om de afstand te bewaren. Ze wist nog steeds niet wat ze van de Australiër moest vinden. 'Ik hoop dat de moeder van Katy nu rust kan vinden.'

Hij knikte haar toe. 'Zal ik jullie even naar huis brengen?'

Ze schudde nee en wilde naar buiten lopen, toen Rajendra voorstelde dat een politieauto hen zou afzetten. 'Dat is het minste wat we kunnen doen.'

Ze accepteerde het aanbod om Jack te vlug af te zijn, maar de Australiër liep alsnog met hen mee naar buiten. Tijdens het wachten op de politieauto fluisterde hij haar toe. 'Wat ik nog wilde zeggen, is dat ik denk dat Katy's dood niet zo bedoeld was. De scooter vloog volgens mij per ongeluk in brand. De Laskarbende doodt nooit ter afschrikking, verminkt eigenlijk alleen. Daarom schat ik in dat jullie nu veilig zijn.'

Waarschijnlijk bedoelde hij het goed en wilde hij haar geruststellen, maar ze stapte toch met een wat bezorgd gevoel naast William de auto in. Snel keek ze op haar mobiel, maar tot haar ergernis had Joris nog steeds niet op haar telefoontjes gereageerd.

30

Het kabbelende geluid van het zwembadje, het uitzicht op de steeds veranderende jungle en de verschillende kleuren van de bloemen in haar tuin vormden de perfecte achtergrond voor haar laptop. Een schril contrast met haar kantoor in Leiden en het uitzicht op bevroren weilanden. Cita kon zich eigenlijk niet meer voorstellen dat ze daar ooit weer zou plaatsnemen. Vooralsnog hoefde dat ook niet. Ze had Maria net gemaild dat ze zeker nog een week op Bali zou blijven. Evi moest nog herstellen en ze kon haar hulp goed gebruiken. Bovendien kreeg ze de indruk dat het prima ging met Patrick als bestuurder van de kliniek. Althans, ze hoorde geen bezwaren.

Zo vroeg in de ochtend was de internetverbinding het sterkst en Cita maakte snel haar mails af. Voor de zekerheid stuurde ze er ook maar een naar Joris met de vraag of alles wel goed ging. Al meer dan vierentwintig uur had ze niets gehoord. Ze vreesde dat dat maar één ding kon betekenen. Maar gewoontegetrouw stopte ze die vermoedens weg. Ze kon dat er nu niet ook nog bij hebben.

Ze belde Leelah. 'Morgen zusje.'

'Hallo Ciet, sorry ik heb maar even, de school begint zo. Alles goed met Evi?'

'Kan niet beter. Ze herstelt goed en het begint langzaamaan iets gezelliger te worden.'

'Wonderlijk toch, wat soms een paar woorden kunnen doen. Gewoon een eenvoudig sorry helpt al zoveel. Jullie waren er beiden duidelijk aan toe. Is ze ook weer helemaal blij met William?'

'Ik denk het. Ik heb ze gisteravond alleen bij Rania achtergelaten.'

'Goed van je. Ik vermoed dat die twee wel wat in te halen hadden.'

Cita schoot in de lach. 'Ze konden niet van elkaar afblijven.'

'Verliefd zijn voelt voor mij als iets uit de prehistorie.'

'Arme Frans.'

'Kan niet zonder hem, hoor,' zei Leelah snel en ze riep iemand toe dat ze eraan kwam. 'Heb je trouwens Joris nog gesproken?'

'Nee. Ik vrees het ergste.'

'Niet doen,' gebood Leelah. 'Ik geloof er niets van dat Joris weer gedronken heeft. Zeker niet nu Evi terug is en jullie veilig zijn. Hij greep toch alleen maar naar de fles als hij ongelukkig was. Nu is hij euforisch van geluk.'

Cita kuchte en nam een slok water. 'Misschien daarom juist wel.'

'Onzin en je weet het,' besloot Leelah. 'Er is vast een logische reden voor deze radiostilte. Ja, ik kom.'

'Goed schat, ga maar, ik spreek je snel,' sloot Cita het gesprek af en ze begroette Julia die haar ontbijt kwam afruimen. Rania had de jonge vrouw als hulp geregeld, want ze vond dat er ook iemand voor haar moest zorgen. Julia had haar nog niet had durven aankijken. Toch straalde ze ook een bepaalde kracht uit. Om onbekende redenen had ze met haar familie gebroken en ze wilde per se dat Cita haar alleen bij haar nieuwe westerse naam noemde. Ze kon goed koken en had gisteravond een simpele, maar verrassende *nasi campur* gemaakt met als dessert een goddelijke *babur sago*.

'Is het gelukt vanochtend op de markt?' vroeg ze in de hoop een gesprek te kunnen beginnen. Maar Julia knikte alleen en liep licht voorovergebogen met het dienblad terug naar de keuken. Julia had beloofd voor vanavond *kare ayam* te maken, de gele kipcurry die Cita vroeger zo vaak had gegeten. Ze had willen vragen of ze in de keuken mee mocht kijken, maar zag er nu toch maar van af. Waarschijnlijk duurde het wat langer voordat ze haar vertrouwen kon winnen.

Haar mobiel trilde op tafel. Ze verwachtte Joris maar zag dat Evi belde. Ze informeerde enthousiast naar het weerzien met William, maar haar dochter reageerde kortaf en vroeg of ze meteen kon komen.

'Die Australische rechercheur staat hier voor de deur,' zei ze met een toon alsof ze over een berg plastic afval sprak. 'Hij wil niet zeggen wat hij komt doen voordat jij hier ook bent.'

Cita beloofde dat ze er onmiddellijk aan zou komen en nadat ze had gezien dat Joris nog niet had gereageerd, sloot ze meteen haar mails af. Snel schoot ze een jurkje aan en informeerde Julia dat ze even buiten de deur was.

Tijdens de wandeling door het dorp had ze dit keer geen oog voor de galeries en talloze zilversmederijen. Ze probeerde te bedenken wat het toch was waardoor ze bij Jack op haar hoede was. Hij was goed in zijn werk en leek oprecht met Katy's lot begaan. Zijn botheid kon het ook niet zijn, dat kwam ze bij agenten wel vaker tegen. Het stond haar vooral tegen dat hij zo extreem gedreven was. Fanatisme wekte bij haar altijd argwaan. Dat leidde vaak tot kokervisies en gebrek aan relativering. En toch was dat niet alles, er klopte ook iets niet aan zijn houding. Alleen wat dat dan precies was, kon ze maar niet benoemen.

Ze draaide het steegje in en zag William en Evi op de trap van de veranda zitten. Jack was nergens te bekennen.

'Waar is hij nou gebleven?' vroeg ze toen ze dichterbij kwam.

Evi haalde haar schouders op. 'Geen idee. Hij liep ineens naar achteren, op zoek naar Rania.'

'Ben er al weer,' hoorde ze hem roepen en hij rende bijna de hoek om. Hij zag er verhit uit. Het zweet sijpelde langs zijn kin. 'Goed dat jullie er nu allemaal zijn. Ik wilde eerst Rania vragen wie van jouw verblijf hier op de hoogte was.'

'Hoezo?' vroeg Cita. Ze ging naast haar dochter zitten en gaf haar een kus. 'Morgen schat.'

'Ja inderdaad, ook allemaal een goedemorgen,' zei Jack gehaast. 'Ik had ook niet verwacht hier weer zo snel te zijn. Maar vanochtend heel vroeg is een jonge vrijwilliger bij de Greenschool van de bamboebrug gestort. Het ravijn in. Dood.'

'Weet u wie?' vroeg Evi die Williams hand vastpakte.

Jack schudde zijn hoofd. 'Een Indiër die er al een tijdje werkte, meer weet ik ook niet. Rajendra denkt dat het een ongeluk was. Maar daar ben ik niet zeker van.'

'Dat ben ik met je eens,' zei Cita en ze voelde dat haar mond droger werd. 'Die brug is breed en stevig, daar val je niet makkelijk vanaf.'

'Precies,' zei Jack en hij leek oprecht opgelucht dat ze het met hem eens was. 'En daarom wil ik dat Evi hier weggaat.'

Ze keken allebei naar haar dochter die als verstijfd voor zich uitkeek.

'Lieverd, gaat het?' vroeg Cita en sloeg een arm om haar heen.

Evi keek haar met waterige ogen aan. 'Ik weet wie het

is. Ramon werkte af en toe ook bij de Workingplace. Hij had een succesvol project voor een biologische bezorgservice.'

'Verdomme natuurlijk, Ramon,' viel William bij. 'Die arme gozer.'

Jack zuchtte. 'Ik word er gek van, al die jonge mensen. Ik weet nog niet wat dit nu weer betekent. Het past niet echt binnen de MO van de Laskargang. En misschien heeft het allemaal niets met jou te maken, maar voor de zekerheid is het toch beter dat je deze plek verlaat. Al zeker tien mensen weten dat je hier zit.'

Evi trommelde zenuwachtig met twee vingers op de spalk van haar gebroken arm. 'Waar moet ik dan heen? Ik heb geen zin om te verhuizen.'

William stond ineens op. 'Kom op Evi, wat maakt het nou uit?'

Hij zag er ontspannen uit, met meer kleur in zijn gezicht. Zijn groenige ogen stonden helder en leken niets te ontgaan. Cita begreep opnieuw Evi's keuze voor hem.

'Ik wil me niet bang laten maken,' zei Evi.

'Dat begrijp ik, en misschien is het ook allemaal voor niets, maar je wilt het risico toch niet lopen?' drong William verder aan.

Cita kon hem wel kussen. Nu hoefde zij geen eindeloze pogingen te doen haar dochter te overtuigen. 'Precies, en waarom kom je dan niet lekker bij mij zitten? Het is hier om de hoek, dus Rania kan je gewoon blijven behandelen. En mijn huis ligt achter een hoge muur. Niemand weet waar ik zit. Bovendien heb ik nog een lege slaapkamer.'

Nu ging Jack ook staan, zijn shirt was bijna doorweekt. Het was inderdaad een uitzonderlijk warme ochtend. 'Nou, dit lijkt mij een uitgemaakte zaak. Dan kan ik meteen weer gaan. Ik zal kijken wat ik over deze jongen te weten kan komen. Ramon, zei je?'

Evi knikte. 'Houdt u ons op de hoogte?'

'Vanzelfsprekend,' mompelde Jack vanonder zijn helm en hij reed zonder om te kijken ronkend de steeg uit. De kippen schoten alle kanten op.

En alsof ze het vooraf hadden afgesproken, begonnen ze alle drie meteen met het verzamelen van Evi's spullen. Het waren niet veel losse dingen, want Cita had eerder alleen wat kleren en boeken uit haar dochters huisje gehaald. Tegelijkertijd pakte Rania een paar grote rieten manden waarin ze de dingen kwijt konden en vervolgens maakten ze samen het huisje schoon.

Ondertussen stelde Cita zo achteloos mogelijk wat vragen over Williams achtergrond. Ze had vannacht bedacht dat ze eigenlijk helemaal niets over hem wist. En hoewel Evi haar af en toe een dodelijke blik toewierp als ze een te persoonlijke vraag stelde, leek William het zelf geen probleem te vinden over zijn jeugd in Manchester te vertellen. Over zijn broers, de hikes met zijn familie en dat hij naast het surfen graag rugby speelde. En dat hij geschiedenis had gestudeerd, maar dat hij informatica erbij was gaan doen om zijn kansen op de arbeidsmarkt te vergroten. Bij alles wat hij over zichzelf vertelde, begon Cita hem steeds leuker te vinden.

'En je ouders? Hoe vinden die het dat je op Bali woont?' vroeg ze terwijl ze de lakens van het bed aftrok.

'Mijn ouders zijn overleden toen ik dertien was. Over het hoofd gezien door een aan whisky verslaafde vrachtwagenchauffeur.'

Cita staarde zwijgend naar de lakens in haar hand en wist niet hoe ze moest reageren. De tranen prikten in haar ogen. Verdorie, niet hier. Niet nu.

William keek Evi vragend aan. 'Heb ik iets verkeerds gezegd?'

'Natuurlijk niet. Mijn grootouders zijn ook jong overleden,' hielp Evi. 'Ik heb ze nooit gekend. Mijn moeder had ongeveer dezelfde leeftijd als jij.'

'Zestien was ik,' zei Cita en gelukkig kon ze het gesprek weer zelf overnemen. 'Mijn zusje Leelah was dertien. Sorry, maar het emotioneert mij nog steeds.'

William raakte kort haar arm aan. Het gebaar was genoeg om de wederzijdse pijn te erkennen en het daarbij te kunnen laten. Ze was opgelucht dat hij verder geen persoonlijke vragen stelde.

Toen er drie manden waren gevuld, bood Rania haar scooter te leen aan en William en Evi kropen er behendig op. Cita zette de manden tussen hen in. 'Jullie beginnen al echt op een Balinees gezin te lijken. Iedereen op de scooter met het huisraad erbij.'

'Mam!' siste Evi en ze rolde met haar ogen. 'Doe normaal.'

Maar William kon het niets schelen en hij riep meteen: 'Kom op Cita, je kunt er gemakkelijk bij.'

Ze vond het heerlijk om te horen dat ze voor William geen mevrouw meer was en stapte achterop. Volkomen beheerst en in een rustig tempo reed hij op haar aanwijzingen door de kronkelige paadjes naar haar huis. En net als elke Balinees toeterde hij precies op het juiste moment zodat tegenliggers niet onaangenaam verrast konden worden door hun komst. Het krioelende rijk der scooters leek voor buitenstaanders misschien net zo'n chaos als het Nederlandse fietsgebruik, waar toeristen in Amsterdam zich konden verbazen over onverantwoordelijk volgepropte bakfietsen, kleine kinderen zonder helm en overladen bagagedragers. Hier keken mensen hun ogen uit naar slapende baby's, manden met kippen en meterslange bamboestokken die op scooters werden vervoerd. In beide gevallen was het voor de gebruikers de normaalste zaak van de wereld.

Alsof ze had aangevoeld dat Evi zou komen, had Julia de veranda al aangeveegd en overal verse bloemen neergezet. William hielp bij het uitladen en Evi liep goedkeurend rond. 'Dit is een fijne plek, mam.'

Nadat ze kennis hadden gemaakt met Julia en Evi

haar slaapkamer had ingericht, stelde William voor dat hij even naar zijn eigen huis zou gaan. 'Er zijn wat zakelijke dingen blijven liggen.'

'We redden ons hier wel,' zei Cita en om af te koelen ging ze in de luchtstroom van een ventilator zitten. 'Maar ik hoop dat je vanavond wel mee-eet?'

'Vanzelfsprekend. Ik ben er rond zes uur,' zei hij lachend. Hij gaf Evi een kus en reed woest zwaaiend het straatje uit.

Cita sloeg een mug op haar been dood. 'Leuke vent.'

'Weet ik,' zei Evi en ook zij had een mug te pakken. 'Denk dat het enorm gaat onweren. Het is zo drukkend warm. En overal muskieten.'

Ze zaten naast elkaar op het bankje en bestudeerden de zwaluwen die laag over het zwembad vlogen. Nog een teken dat de regen inderdaad niet lang op zich zou laten wachten.

'Heb je pap nog gesproken?' vroeg Cita en ze wilde het antwoord eigenlijk niet weten.

Evi schudde haar hoofd. 'En mam, nu niet meteen het ergste denken.'

'Wat kan het dan wel zijn?'

'Weet ik veel. Maar er moet een logische verklaring zijn. Pap zal echt niet meer drinken.'

Cita wilde dat ze het net zo stellig kon beweren als haar dochter, maar haar vertrouwen was te vaak geschaad om van het goede uit te gaan. De lucht betrok snel en hoewel de ochtend nog niet voorbij was, leek het alsof de schemering al was ingezet. Cita knipte een lampje aan.

‘Ben je eigenlijk bang?’ vroeg ze en ze volgde een tjitjak die ingenieus een houten balk beklom.

‘Nee. Het is misschien raar. Er zijn genoeg redenen om het wel te zijn. Maar hier, met jou, William en alle lieve mensen om ons heen, voel ik me toch redelijk veilig. Hoe naïef dat ook klinkt.’

‘Naïef is het zeker,’ beaamde Cita. ‘Maar toch beter dan angstig en wantrouwend.’

Op het moment dat Julia met gemberthee kwam aanlopen, doorbrak een donderslag de rust. En direct daarna kwam het met bakken uit de hemel. Dikke druppels vielen loodrecht naar beneden. Het regende zelfs zo hard dat de overkant van het zwembad niet meer te zien was.

Het natuurgeweld bedreven negerend zette Julia de thee zonder op te kijken neer en liep via de veranda terug naar de keuken. De koele wind voelde zo koud aan, dat de warme thee ineens aantrekkelijk werd. En met hun handen precies op dezelfde manier om hun kop geklemd, keken ze samen naar de tropische bui die de toch al weelderige natuur met nog meer vocht overlaadde. Het was lang geleden dat ze zo zwijgend in harmonie naast elkaar hadden gezeten en Cita hoopte dat dit gevoel vaker zou terugkomen. Ze ging er in ieder geval alles aan doen om dat te bereiken.

31

Zijn hoofd bonkte en zijn tong plakte vast aan zijn gehemelte. Zijn lichaam was koud en stijf en op het moment dat hij zich uitrekte, voelde hij een steek in zijn borstkas. Pas toen besefte Joris dat hij op grond lag. En heel traag kwam weer terug wat er gebeurd was. Die klootzakken! Ze hadden hem verrast in zijn slaap. Hij greep naar zijn hoofd en voelde dat het bloed gestold was, maar de wond was nog warm en prikte venijnig. Hoe lang had hij hier gelegen?

Voorzichtig, met een hand op zijn borstkas ter ondersteuning, drukte hij zich op en zocht op de tast een lichtknopje. Maar nergens sprong een lamp aan. Hadden ze de elektriciteit afgesloten? De kamer was stikdonker en ook via de twee ronde patrijspoorten kwam geen straaltje licht binnen. Waarschijnlijk hadden ze die met de luiken aan de buitenkant afgesloten. Tastend en steunend op alles wat hij tegenkwam, doorzocht hij zijn hut. Nergens kon hij zijn telefoon vinden, maar hij kwam wel zijn trui en sokken tegen. Met enige moeite kleedde hij zich aan en langzaam warmde zijn lichaam wat op. Hij zat op de rand van zijn bed en hoorde toen zijn wekker tikken.

Na wat zoekwerk vond hij hem naast zijn bed op de grond. Hij wilde op het lampje van zijn wekker drukken, maar ineens begon zijn hand enorm te trillen. Nee, niet nu. Hij haatte zijn tremor. Met intense concentratie en sturing van zijn linkerhand lukte het om genoeg rust in zijn bewegingen te krijgen en het knopje ingedrukt te houden. Er verscheen net genoeg licht om de chaos in de kamer te kunnen bekijken en te zien dat het vijf over vier was. 's Nachts? Had hij hier dan al bijna vierentwintig uur gelegen?

Ineens kon hij zich weer herinneren dat hij vlak voordat de mannen binnenkwamen, al even wakker was geweest. Hij had Lewis horen piepen en toen ook op zijn wekker gekeken. Het was pas half vijf geweest en hij had boos besloten dat Lewis niet moest zeuren en gewoon tot half acht moest wachten om te worden uitgelaten. Zijn brave hond had hem toen natuurlijk willen waarschuwen.

Verdomme, dan lag hij hier dus inderdaad al een dag, logisch dat hij dorst had en een hevig hongergevoel. Hij stommelde naar de deur en duwde er weer met kracht tegenaan. Zonder enig resultaat. De deur zat vast. Mogelijk door die lui met zijn eigen meubels gebarricadeerd.

'Lewis,' riep hij zo hard hij kon en hij werd afgestraft

met een pijnscheut in zijn zij. Hij bonsde stevig op het hout en riep nogmaals de naam van zijn hond. Daarna legde hij zijn oor tegen de deur, maar hoorde niets. Hij herhaalde de handeling maar floot nu. En heel zacht hoorde hij een piep terug. Of was het zijn verbeelding? Voorzichtig ging Joris plat op de grond liggen.

'Lewis, kom hier,' riep hij nog eens en blies hard door de kier onder de deur, in de hoop zo zijn geur te verspreiden. Zijn hond had een ijzersterke neus. En inderdaad, heel flauwtjes hoorde hij gesnuif langs de drempel. Gelukkig, wat ze ook met hem hadden gedaan; hij leefde nog.

32

Zo onverwacht als de regen was gekomen, zo snel was hij ook weer voorbij. De aarde ademde vocht en Cita rook jasmijn, citroengras en de geur van de frangipani, die zo sterk was dat haar ogen begonnen te tranen. Ze knipte er een witte bloem van af en stak hem in haar opgestoken haar.

'Mam, heb jij eigenlijk wel een sarong?' vroeg Evi, die achter haar op de veranda was komen staan. Ze hadden het vanochtend uitgebreid over de aankomende crematieceremonie gehad. Allebei wilden ze die graag meemaken, hoewel Cita twijfelde of het wel verstandig zou zijn om te gaan. Evi had haar verzekerd dat er geen enkel risico was, omdat niemand hen zou herkennen. Het zou zo druk worden in de steegjes rond het paleis dat ze makkelijk ongezien in de dringende menigte konden opgaan. Cita had het punt dat haar gebroken arm daarbij mogelijk bekneld zou kunnen raken maar even laten rusten. Evi was zo aanstekelijk enthousiast geweest, dat ze het plannetje met haar moederlijke ongerustheid niet had willen bederven. En het kon een mooie nieuwe herinnering samen worden.

'Nee, stom genoeg niet. Op straat zijn me er veel mooie aangeboden, maar ik heb nooit de tijd genomen een sarong voor mezelf uit te zoeken.'

'Dat dacht ik al,' zei Evi en ze sloeg een paars-turquoise doek om Cita's middel. Met ervaren bewegingen streek Evi de stof glad, wikkelde de sarong nog een keer strak om haar heen en sloeg de bovenrand terug. Daarna knoopte ze een felroze sjaal om haar middel. 'Die is er om de minder reine onderkant van de bovenkant te scheiden. Alles wat dichter bij God is, is heiliger. Daarom moet je in Bali kinderen ook nooit over hun bol aaien, dan verbreek je de verbinding met God.'

Evi draaide haar om en deed tevreden een stap naar achteren. 'Nu ben je klaar voor het bezoek aan de tempel.'

'Dank schat,' zei Cita en ze schuifelde in de strakke rok naar de spiegel. Haar huid was een tint donkerder door de zon, de sarong maakte haar smaller en kleiner en door de witte bloem leek haar haar nog zwarter. Haar ogen werden weer vochtig. 'Allemachtig, wat lijk ik nu op mijn moeder.'

Evi kwam naast haar staan. Ook zij had een sarong aan met daarboven een gele kabaja en ze had haar haar strak opgestoken. Door het spiegelende effect leek het ineens alsof er drie generaties Aziatische vrouwen stonden. 'Omi zou trots op ons geweest zijn.'

Cita knikte en slikte haar tranen weg. Van dit soort momenten moest ze niet verdrietig worden, maar juist genieten. Ze pakte haar mobiel van tafel en maakte onhandig een selfie. 'Voor pap.' Die zal ook zo trots zijn op zijn vrouwen.'

Evi sloeg een arm om haar schouders en zwijgend keken ze elkaar via de spiegel aan. Beiden ongetwijfeld denkend aan Joris en hopend dat misschien zijn mobiel niet meer goed zou opladen of dat die per ongeluk in de Kagerplas gevallen was. Alles, om maar niet dat beeld voor ogen te krijgen dat hij ergens bewusteloos in zijn eigen alcohol-kots zou liggen.

'Ibu Cita?' Julia was de kamer in gelopen en had haar handen vol groenten. 'Willen jullie nog meehelpen met het koken?'

'Natuurlijk,' zei Cita en ze deed de sarong weer af. 'We komen meteen.'

Ze kleedden zich om, wasten hun handen en liepen naar de kleine keuken achter het huis. Julia had op de houten werktafel al de chilipepers, limoen, laurierblaadjes, knoflook, uien, kipfilets en blokjes aardappel klaargelegd. En met een groeiend enthousiasme legde ze uit hoe de kare ayam gemaakt werd. Eerst de gele saus voorbereiden, dan de kipfilet in blokjes licht aanbraden en vervolgens even in bouillon met de limoenschil laten koken. Julia leefde helemaal op en begon steeds enthousiaster te praten. Aan het eind van haar toelichting keek ze zelfs iedereen recht aan.

‘We gebruiken voor alle gerechten twee tenen knoflook. Een voor de smaak en een voor geluk,’ besloot ze.

‘Dat kunnen we goed gebruiken,’ zei Cita terwijl ze de uien pelde. Eerst voelde ze zich wat onwennig in Julia’s domein maar de geuren die vrijkwamen brachten haar weer terug naar de keuken uit haar kinderjaren. Ze vertelde verhalen over de koks die haar vroeger de verschillende Aziatische gerechten hadden geleerd en hoe ze de beste *tempeh goreng* had leren maken.

Evi keek verbaasd op van de stenen vijzel waarin ze de pinda’s verpulverde. ‘Dit heb je nog nooit eerder verteld, mam.’

‘Ik was het eigenlijk een beetje vergeten,’ zei ze, al was dat maar gedeeltelijk waar. Na de dood van haar ouders had ze niet aan de gelukkige momenten willen denken en daarom alle goede herinneringen weggeduwd. Zo vaak zelfs dat het leek alsof ze ze vergeten was. Maar hier op Bali merkte ze hoe vers alles nog in haar geheugen lag.

‘Had je een goede band met omi?’ vroeg Evi.

Cita knikte. ‘Maar ook heftig. We leken veel op elkaar en botsten regelmatig.’

‘Dat komt mij bekend voor,’ zei Evi en ze gaf haar een kneepje in haar arm. ‘Gelukkig hebben wij de…’

Een enorme knal doorbrak het gesprek en Julia liet van schrik haar mes op de grond vallen. Ze keek haar doodsbang aan. ‘Wat was dat?’

‘Geen idee.’ Cita haalde achteloos haar schouders op,

maar ze voelde een druk op haar borst. 'Misschien een deur die dichtsloeg door de wind?'

'Wind?' herhaalde Julia en haar lip trilde. 'Het waait niet eens!'

'Ik ga wel even kijken,' zei Evi en ze liep naar de deur.

Cita hield Evi tegen. 'Geen denken aan, ik ga.'

Op haar blote voeten liep ze geluidloos door het huis maar ze zag niets afwijkends. Alle spullen stonden nog op hun plek en zelfs de laptop lag gewoon op haar bureau. Maar net toen ze zich wilde omdraaien, zag ze in haar ooghoek iemand vanuit de schaduw van de frangipaniboom wegrennen. Straaltjes zweet liepen van schrik over haar rug.

'Hé jij daar, kom terug,' riep ze in haar gebrekkige Indonesisch. 'Wie ben jij?'

Maar de jongen sprintte zonder omkijken razendsnel de steeg uit.

'Wie was dat?' vroeg Evi die toch achter haar aan was gekomen.

'Ik denk een nieuwsgierig joch uit het dorp. Dat ons eens wilde bestuderen,' verzon Cita en ze zag meteen dat Evi het net zo'n ongeloofwaardig verhaal vond als zij. Maar het was alsof ze beiden besloten dat bang worden nu niet handig was en dat het daarom wel een stout buurjongetje geweest moest zijn.

Samen liepen ze terug naar de keuken, stelden Julia gerust en gingen met dezelfde gedrevenheid door met koken. Pas toen het donker begon te worden waren ze klaar en dekten ze de tafel. Overal deden ze kaarsen aan, spoten citronella tegen de muggen en nestelden zich met een Bintang in de stoelen op de veranda.

'Weet je, misschien is het niets, maar...' begon Cita voorzichtig en ze nam een slok van het ijskoude biertje. 'Het is nu twee dagen geleden dat ik papa voor het laatst gesproken heb. Ik begin echt heel erg ongerust te worden.'

'Ik ook,' zei Evi en de plooi tussen haar wenkbrauwen verdiepte zich. 'Misschien kunnen we Karel van de reclassering vragen of hij pap heeft gesproken?'

Cita speelde met het etiket op het flesje. 'Ik heb hem al een paar uur geleden een bericht gestuurd. Maar nog geen reactie gekregen.'

'Waarom vraag je Jan niet even te gaan kijken op de Ark?'

Cita ging rechterop zitten. 'Dat is toch die eigenaar van dat café in Kaagdorp?'

Evi knikte. 'Pap komt regelmatig bij hem en hij vindt het vast niet erg om even langs te varen.'

'Goed idee,' zei Cita en ze zocht snel het nummer op. Gelukkig kreeg ze Jan direct aan de lijn en nadat ze de situatie had uitgelegd, vond hij het inderdaad geen enkel probleem om na de lunch te gaan kijken. En hoewel ze feitelijk nog geen stap dichter bij Joris was, voelde Cita zich toch opgelucht dat ze iets in gang had gezet.

'Ik begin trouwens best honger te krijgen,' zei ze toen ze weer naast Evi ging zitten. 'Hoe lang laat die minnaar van jou nog op zich wachten? Het is bijna zeven uur.'

Evi dronk haar glas in één keer leeg. 'Ik heb hem al proberen te bellen, maar hij neemt niet op.'

Cita voelde meteen weer een drukkend gevoel op haar borst en ze keek haar dochter strak aan. 'Komt hij vaker te laat?'

Evi schudde haar hoofd en Cita zag dat haar ogen waterig begonnen te worden. 'Nooit. Hij haat laatkomers.'

'Fuck. Dit voelt niet goed,' riep ze en ze pakte haar mobiel. 'Ik ga nu Jack bellen.'

Evi knikte maar zei niets.

'Hallo Jack, ik wilde even vragen…'

'Over William? Ik ben al onderweg naar jullie,' onderbrak Jack haar en ze hoorde scootergeronk op de achtergrond. 'Ik ben bijna in het dorp.'

'Tot zo,' stamelde ze nog verward, maar Jack had al weer opgehangen.

'Jack komt eraan,' zei ze en ze pakte Evi's hand. Haar vingers trilden. 'Er is vast een logische verklaring.'

Evi schudde haar hoofd en de tranen liepen over haar wangen. 'Ik ben bang.'

En hoewel Cita zelf ook de angst nauwelijks meer kon onderdrukken, trok ze Evi beschermend naar zich toe. 'Het komt vast goed schat. Alles komt goed.'

Omarmd bleven ze zwijgend wachten totdat ze de scooter van Jack hoorden aankomen. Toen de koplamp de steeg in scheen, stond Cita als eerste op en rende Jack tegemoet.

'Wat is er aan de hand?' vroeg ze nog voordat hij zijn helm had afgedaan. 'Waar is William?'

In het blauwige licht van de koplamp zag ze de ernstige blik in zijn ogen en ze sloeg haar hand voor haar mond om het niet uit te schreeuwen.

'Hij ligt in coma,' zei Jack en hij sloeg meteen een arm om haar heen. 'Hij is onderweg hierheen het ravijn ingereden.'

'Nee,' riep Evi die nu ook aan kwam rennen. 'Nee! Zeg dat het niet waar is!'

Jack liep haar tegemoet. 'Sorry Evi. Maar hij is er niet goed aan toe.'

Evi liet zich schreeuwend op de grond vallen. Ineengedoken gilde ze opnieuw. 'Nee. Nee!'

Duizelig door de druk op haar borst, zakte Cita ook door haar knieën en ging naast haar dochter zitten. Vanachter Jack zag ze ineens drie koplampen de steeg in rijden.

'Bewakers,' zei Jack voordat ze kon vragen wie het waren. 'Die had ik hier veel eerder moeten neerzetten.'

33

Joris trok het dekbed nog verder over zich heen. Hij had het zo koud. Misschien door de moeheid, door de honger of omdat zijn wond toch weer was gaan bloeden. Maar hij wist dat het niet lang zou duren of hij kon zijn ogen niet meer openhouden. Instinctief voelde hij dat hij beter niet kon gaan slapen. Het idee dat hij misschien nooit meer wakker zou worden, dwaalde steeds hardnekkiger door zijn hoofd. Het kon niet. Niet nu. Hij had nog zoveel te doen. Hij wilde Evi vasthouden, hopelijk haar kinderen ook nog en Cita verdiende al zijn liefde en dankbaarheid.

Bovendien wilde hij die solotentoonstelling in de Fundatie halen, wat dé manier kon zijn om terug te komen. Het zou onrechtvaardig zijn als hij niet de kans zou krijgen eindelijk zijn gezin weer trots op hem te maken. Hij had zo hard gewerkt om van de drank af te komen. Eindelijk leek de toekomst weer rooskleuriger, het mocht niet gebeuren dat hij daarvoor niet meer de tijd kreeg.

En zo alleen, rillend in het donker kon hij ook de gedachten aan zijn vader niet meer onderdrukken. Wat moet die arme man zich eenzaam hebben gevoeld. Jarenlang was Joris woedend op hem geweest. Op al die jaren van drank. En hij kon ook heel lang niet begrijpen waarom zijn vader het had gedaan. Zich verdomme ophangen in de schuur achter hun huis, net een maand nadat Evi was geboren. Hij had het egoïstisch en onmenselijk gevonden.

Maar de laatste tijd was hij milder geworden. Zijn eigen strijd met de alcohol had hem dichter bij de duistere gedachten van zijn vader gebracht. Hij kon zich iets beter inleven in de diepte van een depressie, waarbij zelfs de geboorte van een kleinkind je niet blij kon maken en dat je je daar dan weer zo schuldig over voelde, dat je zeker wist dat iedereen beter af was zonder jou.

Ineens hoorde Joris Lewis heel zacht piepen en hij riep heel hard zijn naam. Schreeuwde hem toe dat alles goed zou komen. Dat het baasje er bijna aankwam. Maar tegelijkertijd wist hij dat die kans steeds kleiner werd.

34

Cita luisterde naar dokter Wayan, maar ze hoorde slechts gedeeltelijk wat hij vertelde. Een schedelbasisfractuur, kunstmatige coma, een zwelling, vloeistof aftappen. Ze herkende de diagnose maar ze kon maar niet bevatten dat het ging over de vriend van haar dochter. Evi wilde eigenlijk mee, maar het was goed dat ze dit niet zag. Ze keek naar Williams lange lichaam dat, ondanks alle slangen en piepende apparatuur om hem heen, doodstil op bed lag. Hij zag er vredig uit maar ze wist dat de komende vierentwintig uur spannend zouden zijn. Als de zwelling snel zou slinken kon hij volledig herstellen, maar niemand durfde daar nu al een uitspraak over te doen.

'Vanaf dit moment staan er twee bewakers voor zijn deur,' zei Jack nadat Wayan was uitgesproken. 'Behalve het verplegend personeel mag hier niemand naar binnen.'

Wayan knikte maar Cita zag dat de mannen hem onrustig maakten. Hij had al drie keer op hetzelfde papier met uitslagen gekeken.

'Absolute stilte is voor deze patiënt erg belangrijk,' zei hij uiteindelijk en hij duwde zijn brilletje recht op zijn neus. 'Rust helpt bij zijn herstel.'

'Dat begrijp ik,' zei Jack en hij wapperde zich met zijn hand wat koelte toe. De kamer was inderdaad extreem warm. 'Maar ik kan geen enkel risico nemen. William moet worden bewaakt.'

'Is het de Laskarbende?' vroeg Wayan bijna fluisterend.

Jack haalde zijn schouders op. 'Misschien. We weten het nog niet.'

Met zijn drieën stapten ze de gang op en Wayan sloot zacht de deur. 'Ik zal hier de komende uren zelf ook blijven. Het is nu van belang hem nauwlettend te monitoren.'

'Fijn dat hij in zulke goede handen is,' zei Cita en ze raakte kort de schouder van Wayan aan. 'Houdt u ons op de hoogte? U hebt mijn nummer toch?'

De jonge Balinees knikte verlegen en verdween snel een andere behandelkamer in. Jack gaf daarna de twee brede mannen die wijdbeens voor Williams kamer stonden nog wat instructies en samen liepen ze naar de uitgang.

'Ik vind dat echt ontzettend knap van je,' zei hij terwijl hij nog een keer achteromkeek om te controleren of de mannen wel goed stonden.

'Wat bedoel je?' vroeg ze en ze moest bijna rennen om hem bij te houden.

'Nou, dat je die Wayan alle zorg toevertrouwt. En niet als arrogante westerse dokter denkt het beter te weten,' legde Jack uit en liet haar bij de uitgang voorgaan.

En op het moment dat ze door de schuifdeur stapte, wist ze ineens waarom Jack haar ontregelde. Aan de ene kant was hij overdreven stoer en mannelijk en aan de andere kant soms ook onverwacht sensitief. Dat contrast was ze niet gewend.

'Dat vind ik ook niet makkelijk hoor,' gaf ze toe, toen ze op straat stonden. 'Maar misschien helpt het dat ik niet honderd procent westers ben.'

Jack leek haar nog iets te willen vragen, maar ze pakte haar mobiel uit haar tas.

'Eerst even Evi bellen. Die kan nu geen seconde meer wachten.'

Haar dochter had gesmeekt om mee te mogen naar het ziekenhuis, maar Jack had dat zeer resoluut geweigerd. Hij had het te onveilig gevonden. Evi was eerst boos geworden maar toen Cita beloofde haar meteen te bellen nadat ze de arts had gesproken, had haar dochter erin berust.

'En? Hoe gaat het met hem?' vroeg Evi inderdaad nog voordat ze hallo had kunnen zeggen. Cita legde uit dat Wayan niet negatief was, maar dat William de komende vierentwintig uur heel veel rust moest hebben.

En dat pas morgen echt kon worden ingeschat wat de gevolgen waren.

'Dat klinkt best goed toch? En heeft Jack ook bewakers bij hem neergezet?'

Cita vertelde over de twee brede mannen en dat het ziekenhuis als een veilige plek voelde.

'Gelukkig maar,' zei Evi en haar stem klonk niet kwaad meer. Integendeel, ze was zelfs een beetje opgetogen. 'Ik heb nu toch meer vertrouwen dat het goed komt. Hier ook alles prima. De agenten staan braaf voor het huis te posten. Waar ben jij nu?'

Ze deed een stap naar achteren om twee mannen met een meterlange bamboestok de ruimte te geven. Iets verderop zag ze een groep kerels die rollen bewerkt papier goud verfde en anderen die bezig waren met een geluidsinstallatie. 'Midden in Ubud. Tussen alle voorbereidingen in.'

'Waarom ga je daar niet even een hapje eten?' vroeg Evi. 'Je zult wel honger hebben.'

Nu pas merkte ze dat ze haar maag rammelde. Ze was meteen met Jack naar het ziekenhuis gereden en had uiteindelijk nog steeds niets gegeten. 'Misschien een snelle snack, ja.'

'Zeker even doen mam. Hier is dus alles goed. Julia en Rania zijn hier. En jij mag ook weleens ontspannen.'

'Dank schat. Wie weet. Heb jij trouwens al iets van Jan gehoord?'

'Nee, maar hij zou pas na de lunch bij pap langsgaan.'

'O ja, dat is waar en daar is het nu natuurlijk pas twee uur 's middags.'

'Precies,' beaamde Evi. 'Dus maak je niet te veel zorgen, het kan nog wel even duren.'

Cita beloofde vertrouwen te houden en hing op. Even een half uurtje rust was eigenlijk best een goed idee. Ze keek Jack aan.

'Heb je tijd voor een snel hapje?'

Hij knikte. 'Ik verga van de honger.'

'Kom dan maar mee. Ik wil je iets laten zien.'

35

'Help! Kan iemand helpen?' riep hij nog een keer. Zonder hoop op ontdekking. Het was nog steeds doodstil op de plas.

Hij draaide op zijn rug en voelde dat zijn gedachten wegzweefden. Misschien kwam het door de dorst, maar focussen ging steeds lastiger.

Wie waren toch die kerels die hem dit aangedaan hadden? Gewone inbrekers die toevallig zijn boot in het vizier hadden kregen, leek onwaarschijnlijk. Het voelde allemaal te professioneel. Dat ze zijn mobiel naast zijn bed hadden gezocht, de snelle en doelgerichte aanval op hem, het hermetisch afsluiten van deze kamer en alles zo perfect getimed dat er geen getuigen waren.

Maar waarom? Er lag niets kostbaars op de boot, hij had geen schulden. Heel even schoot door hem heen dat het misschien familieleden van Ronald waren, de jongen die hij frontaal had aangereden. Het beeld van de jongen opgefrommeld in de auto maakte hem direct weer misselijk. De herinneringen aan het ongeluk kwamen nog regelmatig terug. Dat hij tijdens het autorijden de hele tijd in slaap viel. Dat hij dacht dat hij nog wel op tijd thuis zou komen. Dat hij een stoeprand raakte en de verkeerde weghelft op schoot. Dat hij nog wel op de rem trapte, maar toch te laat was om Ronalds blauwe Mini te kunnen ontwijken.

In zijn therapiesessies had hij zo vaak met 'die herinneringen gewerkt', zoals Bas dat noemde. En het was uiteindelijk gelukt er enigszins mee te kunnen leven, hoewel de pijn en de schaamte soms weer net zo vers voelde. Hij had Ronalds familie kapotgemaakt. Ze waren zo ontzettend verdrietig. Het was moeilijk dat gevoel los te laten.

En natuurlijk waren ze ook woedend op hem geweest. Dat begreep hij goed. Maar na zijn veroordeling waren ze bewonderingswaardig vergevingsgezind geweest. Zeker toen ze zagen hoe kapot hij er zelf van was en dat hij zich meteen in de kliniek had laten opnemen. Ze begrepen dat ze de verslaving moesten haten en niet de verslaafde zelf. Het leek hem dus onwaarschijnlijk dat die houding van de familie nu ineens was veranderd.

'Verdomme,' fluisterde hij in zijn kussen.

Cita en Evi zouden inmiddels wel doorhebben dat hij niet te bereiken was. Ongetwijfeld zouden ze denken dat hij weer een delirium had. Zijn buik kneep samen. Hij kon het niet aan dat hun laatste gedachten over hem waren dat hij toch zwak was geweest. Hij rolde zich zo voorzichtig mogelijk om, maar de pijn van zijn rib schoot toch weer door hem heen. De la van zijn nachtkastje kon hij nog net wel bereiken en met wat wrikken kreeg hij hem opengetrokken. Hij rommelde tussen de bekende inhoud: een flesje neusdruppels, een uitgedroogde crème, oordoppen, een haarklip en gelukkig ook het tubetje olieverf. Indigoblauw. Hij had het Cita een keer 's avonds laat laten zien, vanwege de perfecte diepe kleur. Met moeite kon hij het uitgedroogde topje eraf peuteren en hij drukte zich een beetje omhoog.

Hij smeerde het topje van zijn wijsvinger onder en begon op de muur te schrijven. Het was te donker om te zien of het was gelukt en zijn trillende hand had vast niet geholpen, maar Cita zou het zeker herkennen.

'THERE IS ONLY ONE HAPPINESS IN THIS LIFE. TO LOVE AND BE LOVED', precies zoals op hun huwelijksuitnodiging had gestaan.

36

Op een subtiele manier ging Cita hem voor in de drukke avondmenigte. Ze dook net op tijd weg voor vrouwen met manden vol bloemen op hun hoofd, bewoog zich vloeiend tussen sloffende toeristen door en wees vriendelijk tientallen verzoeken tot scootertaxi's af. Af en toe keek ze achterom of Jack haar nog volgde.

Bij café Lotus stapte ze de open ruimte binnen en vroeg de traditioneel geklede bediening om een tafeltje naast de lotusvijver. Op weg naar achteren liepen ze langs de bar waar een paar vergeelde foto's in lijstjes op de houten wand waren gespijkerd. Voor één bleef ze staan.

'Herken je mij?' vroeg ze en wees naar een grote zwart-witfoto van een jong gezin. Een lange Hollandse man in een traditionele sarong en een Aziatische vrouw in een flodderig zomerjurkje. Aan iedere hand hield ze een meisje. De jongste had twee staartjes en leek op het punt te staan een sprongetje te maken, terwijl de oudere met lange, sluike haren verlegen naar haar slippers keek.

'Ik denk dat jij dat meisje bent dat de wereld best spannend vindt,' zei Jack en wees naar haar op de foto. Een brede glimlach verscheen op zijn verhitte gezicht. 'Jullie zien er allemaal heel gelukkig uit.'

'Dat waren we ook. We woonden in Bangladesh, maar kwamen hier bijna elke vakantie. Om uit te rusten van de hectiek van Dhaka,' vertelde ze, en voor het eerst sinds tijden voelde ze geen verdriet bij de herinneringen. 'We logeerden vaak bij Balinezen thuis. Ik vond het hier heerlijk. In 1983 wilde een pasgetrouwd stel dit café beginnen. Mijn ouders hebben hen toen geholpen en een klein bedrag geleend.'

'En sindsdien prijken jullie hier aan de muur?'

Ze knikte. 'Een nichtje van het stel runt het nu. Maar deze plek is in al die jaren niets veranderd. Ik wil het zo graag ook aan Evi laten zien, maar ze moet eerst nog wat aansterken.'

'En het moet eerst veiliger worden,' zei Jack streng en bewoog zich wat dichter naar de foto toe. 'Je ouders lijken mij heel aardig. Komen ze hier nog steeds?'

Ze slikte en schudde haar hoofd. 'Ze zijn vijf jaar na deze foto overleden.'

'Dat is veel te jong.' Hij keek haar recht aan en ze zag tranen in zijn ogen. 'Ik weet hoe het is om iemand zo dierbaar, zo jong te verliezen.'

Hij leek nog iets te willen zeggen, maar keek uiteindelijk weg. 'Zullen we maar snel wat bestellen?'

Ze knikte en liep door naar het tafeltje naast de vijver. Ze schopte haar slippers uit, kroop op de rieten matten en vouwde haar benen onder de lage tafel.

'Een grote Bintang,' hoorde ze Jack ondertussen tegen de ober zeggen en Cita gebaarde dat ze hetzelfde wilde.

'En twee porties saté en een bordje rijst met loempia's graag,' zei ze er snel achteraan.

Jack stapte op de rieten matten en wilde naast haar onder de lage tafel schuiven. Maar ondanks zijn fervente pogingen lukte het hem niet zijn lange benen eronder te krijgen. Vervolgens rommelde hij onhandig met de kussens die verspreid op de matten lagen. Uiteindelijk gaf hij het op en ging met een diepe zucht languit naast de tafel liggen.

'De sierlijkheid van de Balinezen is bij mij ver te zoeken,' mompelde hij en hij veegde het zweet van zijn voorhoofd.

'Goh, dat was mij echt nog niet opgevallen.'

Jack gaf haar weer een brede glimlach. 'Ik weet dat ik een boerse aussie ben, maar wel een die het goed bedoelt.'

'Daar ben ik inmiddels achter. En ik wilde je nog bedanken voor alles wat je voor Evi hebt gedaan.'

'Ik doe gewoon mijn werk,' mompelde hij weer en ontweek haar blik. 'En dat doe ik heus niet zo goed, omdat ik nog steeds niet weet wie hierachter zitten.'

De ober zette de Bintangs op tafel en ze wachtte totdat hij buiten gehoorafstand was. 'Denk je dan niet meer aan de Laskarbende?'

Hij schudde zijn hoofd en nam een grote slok. 'Hun modus operandi klopt niet met wat we nu in Ubud zien. Laskars zitten in alle haarvaten van de Balinese samenleving. Ze verdienen hun geld in de uitgaansscene, ze zijn corrupt en natuurlijk houden ze zich bezig met drugshandel. Zo zetten ze surfboys in die ladingen cocaïne uit Peru in hun *boards* het eiland op smokkelen. Of ze gebruiken reguliere apotheken als dekmantel. Dat soort praktijken. Maar ze kijken uit met dodelijk geweld, want ze beseffen dat dat vakantiegangers zal afschrikken. Toerisme is indirect toch hun belangrijkste inkomstenbron.'

'Misschien hebben ze nu wel een reden om harder in te grijpen,' zei ze en liet het ijskoude bier langzaam door haar keel glijden. 'Wat bedoelde je eigenlijk met het sneeuwt op het eiland?'

'Heb ik dat gezegd?'

Ze knikte. 'Laatst, op het politiebureau.'

De loempia's, sateetjes en rijst verschenen op tafel en ze schepten allebei meteen op.

'Dit is lekker zeg,' constateerde Jack nadat hij een hap had genomen. 'Dat het sneeuwt op Bali is codetaal. Een omschrijving voor het fenomeen dat het eiland wordt overspoeld door cocaïne. Dat soort codes kwam ik ook tegen in Katy's telefoon.'

'In Katy's mobiel?' herhaalde Cita en ze verslikte zich in een stukje saté. Jack bood haar meteen wat water aan.

'Ja, ik zie haar toch meer als dader dan als slachtoffer,' legde hij uit. 'Ik denk dat ze diep betrokken was bij de drugshandel. Waarschijnlijk via Perth. William vermoedde dat ook en heeft haar daar vlak voor haar dood mee geconfronteerd.'

Ze nam nog een slok water en schraapte haar keel. 'Daarom was ze dus zo negatief over hem.'

'Grote kans ja,' zei Jack nu met een volle mond. 'Toen ik William ondervroeg zei hij zelfs dat hij er zeker van was dat zij hem had aangeven bij de politie.'

'Lekkere vriendin ben je dan,' zuchtte ze.

Jack doop de kroepoek in zijn satésaus. 'Ik vermoed dat ze het niet kwaad bedoelde, maar dat ze zelf ook geen kant meer op kon.'

Cita legde haar bestek neer en keek hem strak aan. 'Hoe komt het eigenlijk dat je zoveel over het eiland weet?'

Hij zocht zijn servet, veegde zijn mond af en verschoof zijn mes en vork. Daarna staarde hij zwijgend over de lotusvijver die door verschillende waterlampen subtiel werd verlicht.

'Kom op Jack, hoe kom je aan al die kennis?' drong ze aan.

Hij schudde zijn hoofd en bleef naar de bloemen kijken. 'Ik kan het niet.'

'Wat kun je niet? Je kunt mij inmiddels toch wel vertrouwen?'

'Dat is het niet,' zei hij met een gebroken stem. 'Het is te pijnlijk.'

'Dat vermoedde ik al.' Ze boog zich naar voren en raakte even zijn hand aan. 'Praten helpt echt, hoe moeilijk het ook is. Hoewel ik zelf dat advies vaak heb genegeerd.'

'Ze wilde zo graag naar Paddy's Irish Bar,' begon Jack ineens toch te vertellen. Hij keek nu wel op en zijn ogen waren rood van de tranen. 'Ik was moe en wilde eigenlijk naar het hotel. Maar Corina hield zo van dansen. Ik had natuurlijk nee moeten zeggen, maar ik wilde dat ze gelukkig was. Verdomme, we waren net getrouwd. Hadden ons zo verheugd op een weekje Bali. Ze had dorst en vroeg om een biertje. Ik stond bij de bar en... toen die knal en... nog een... veel harder, ik vloog tegen de bar, en dat gekrijs...'

Jack kneep zijn ogen samen en ze zag dat hij de beelden die terugkwamen niet aankon. Hij schudde zijn hoofd en wreef met zijn handen over zijn gezicht. 'Het was vreselijk!'

'Waren dat die aanslagen in Kuta?' hielp ze hem met zijn verhaal. 'Is je vrouw daarbij overleden?'

Hij knikte en zijn schouders schokten van het huilen.

'Was jij alleen maar gewond? Voel je je daarom schuldig?' vroeg ze door en ze kreeg zelf tranen in haar ogen. 'Die onmacht kan ik me goed voorstellen.'

Hij knikte opnieuw, zuchtte diep en keek haar weer aan. De rimpels in zijn gezicht leken door zijn tranen verder uitgesleten. 'Ik ben daarna anderhalf jaar op het eiland blijven hangen. Ik kon haar niet achterlaten. Er waren meer dan tachtig Australiërs opgeblazen. De politie kon onze kennis goed gebruiken. Ik heb toen geholpen met het sporenonderzoek, verbanden zoeken met het criminele circuit, ondervragingen met de opgepakte plotters. Dat soort zaken.'

'Dat is bijzonder,' zei ze bij gebrek aan een passender reactie. Beiden zwegen en speelden met hun servetten. Voor echt verdriet kon ze geen woorden vinden. Althans, het was haar al die jaren nog nooit gelukt.

'En vanwege die ervaring heeft Katy's moeder, dat parlementslid, jou gevraagd haar nu ook te helpen?' vroeg ze toen hij wat rustiger begon te ademen.

Hij schudde lang met zijn hoofd. Alsof hij daarmee ook de nare herinneringen kon wegvegen. 'Nee, dat was het niet. Mijn vrouw Corina was de zus van Katy's moeder.'

Vandaar dus Jacks persoonlijke betrokkenheid. Vandaar zijn botheid als schild voor zijn verdriet. Vandaar zijn milde woorden over Katy. En nu begreep ze ook ineens zijn haat-liefdeverhouding met het eiland.

'Ongelofelijk. Ze is dus je nichtje,' zei ze uiteindelijk. 'Waarom heb je mij dit niet eerder verteld?'

Hij haalde zijn schouders op. 'Je hebt mij nooit iets gevraagd. Volgens mij vond je mij vooral heel irritant.'

'Dat is waar,' zei ze en ze kon een glimlach niet onderdrukken. 'Ik stoorde me aan je botte gedrag en dan wil ik mij nog weleens afsluiten voor de persoon zelf.'

'Je meent het. Niets van gemerkt.'

'En nu? Ben je weer gelukkig?'

Hij vouwde zijn servet in een driehoek. 'Ja, op mijn manier denk ik wel. Ik heb een lieve vriendin, die begrijpt dat ik geen gezin meer wil stichten.'

En terwijl op de achtergrond bij de watertempel een Legong-dansvoorstelling begon en het gamelanorkest zo luid klonk dat praten lastig werd, wist Cita dat ze vrienden konden worden. Een nieuwe vriendschap was lang geleden. Ze was al die jaren te druk geweest met overleven om zich met anderen te kunnen verbinden.

'Dank,' schreeuwde ze over de muziek heen.

Jack haalde vragend zijn schouders op. 'Voor wat?'

'Je vertrouwen.'

Ze wenkte de ober voor de rekening en wilde opstaan, maar Jack pakte haar arm. 'Wordt het nu dan ook niet eens tijd voor jouw verhaal?'

'Dat komt wel,' zei ze ontwijkend en schoot vlug in haar slippers. 'Maar laten we nu snel gaan. Het voelt toch fijner om bij Evi te zijn.'

37

Zijn hoofd bonkte. Hij wilde dat het ophield, dat hij eindelijk kon gaan slapen. Hij lag onder zijn dekbed en zag dat de bloedvlek zich steeds verder uitbreidde. Hoe lang ging dit nog duren?

Plotseling hoorde hij het geprutteI van een motor. Een sloep. Die kon niet ver zijn. Hij strompelde uit zijn bed, en steunend tegen de wand schoof hij naar de patrijspoort. Met al zijn kracht beukte hij tegen het raampje.

'Help!' gilde hij zo hard hij kon. Een steek schoot door zijn ribbenkast. 'Help alsjeblieft, ik zit hier vast.'

Joris luisterde of hij de motor nog hoorde. Maar de plas was al weer zo stil als de laatste dagen. Hij hoorde alleen het klotsen van het water tegen de ark.

'Fuck!' schreeuwde hij nu nog harder, schopte tegen de wand en zonk van de pijn in elkaar.

Ineens leek het alsof zijn gestommel echode in de ruimte. Overal om hem heen klonk gerommel. Of waren het toch voetstappen boven zijn hoofd?

Zijn spierden spanden samen en vanaf zijn zitpositie schreeuwde hij opnieuw: 'Help! Ik kan er niet uit.'

De voetstappen kwamen dichterbij.

'Help! Hier zit ik,' riep hij nog harder maar bedacht zich opeens dat het misschien wel die mannen waren die hem opnieuw te grazen wilden nemen. In dat geval kon hij zich maar beter doodstil houden.

Hij volgde de stappen op het dek en hoorde ze de kajuit in gaan. Tastend over de vloer vond hij een riem van Lewis. Niet een heel sterk wapen maar dan had hij in ieder geval nog iets. Voorzichtig schuifelde hij naar de deur en ging zo staan dat als de deur zou openschieten hij er precies achter stond. Zijn keel kneep samen en hij hijgde.

Stil, zei hij in gedachten tegen zichzelf. IJzig stil zijn is je enige kans.

De tijd werd stroperiger en hij wist niet hoe lang hij daar had gestaan toen hij een bonk op de deur hoorde. Hij rolde de riem om zijn hand.

'Joris?' klonk een bekende stem. 'Joris, ben je daar?'

Jezus, dat was Jan. Joris bonsde op de deur.

'Jan,' gilde hij nu. 'Haal mij hier in godsnaam uit!'

Hij hoorde dat Jan spullen verschoof maar het geluid hield te snel op.

'Sorry Joris. Het lukt niet. De kast is te zwaar,' klonk Jans gedempte stem bezorgd. 'Ik bel 112. Red je het nog?'

Hij wilde gillen dat hij het niet meer trok. Dat de

pijn en de dorst te erg waren. Dat elke seconde telde. Maar hij wist ook dat Jan zich alleen maar nog bezorgder zou maken. Hij moest geduld hebben. ‘Ik ben oké, maar Cita is vast heel ongerust en ik…’

‘Het is goed Joris. Ik heb haar nummer. Ik bel haar meteen.’

Joris liet zich op de grond zakken en begon zachtjes te huilen. Hij moest nu volhouden. Voor Cita en Evi.

38

Ze stapten van de scooter en liepen naar haar huis. Overal brandden nog lampen en de deur stond open. Maar de twee bewakers waren nergens te zien.

'Evi?' riep Cita en ze voelde haar stem trillen. 'Slaap je al?'

'Verdomme, waar zijn die kerels?' zei Jack die achter haar kwam staan. 'Die zouden hier gewoon op de veranda moeten staan.'

'Evi? Evi!' riepen ze nu samen en stapten naar binnen. Maar de zitkamer was volkomen verlaten. Alleen het geluid van de zwiepende ventilator vulde de ruimte. Cita rende naar Evi's slaapkamer.

'Ook niemand!' riep ze naar Jack, terwijl ze terugliep naar de veranda. Haar knieën knikten en ze moest een stoelleuning grijpen om haar evenwicht niet te verliezen. 'Shit, waar is ze?'

Jack ging wijdbeens staan. 'Ik ga nu die klootzakken bellen.'

Ineens hoorden ze geritsel in de tuin en ze tuurden de duisternis in.

'Wie is daar?' bulderde Jack.

'Ibu Cita. Bent u het?'

'O Julia, kom maar,' zei Cita bemoedigend en ze wenkte naar de kleine vrouw toen ze in het licht verscheen. 'Kom. Weet jij waar Evi is?'

Haar hulp knikte. 'Ze is even iets gaan halen.'

'Iets gaan halen?' blafte Jack en Julia dook naar achter.

'Het is goed,' zei Cita en ze gebaarde Jack dat hij zich rustig moest houden. 'Vertel maar wat er gebeurd is.'

Julia legde bijna fluisterend uit dat Evi wat spullen in Ubud wilde ophalen en dat die agenten haar op hun scooters hadden gebracht. 'Ik denk dat ze zo weer thuiskomen.'

Cita voelde de angst uit haar buik wegzakken maar er kwam een ongekende boosheid voor terug. Waarom was haar dochter toch zo vreselijk eigenwijs? Daarom had ze er natuurlijk op aangedrongen dat ze bleven eten in Ubud. Dan had zij hier alle vrijheid.

'Wat onverantwoordelijk,' concludeerde Cita en ze pakte haar mobiel om Evi meteen te bellen. Op het scherm zag ze dat Jan haar drie keer had geprobeerd te bereiken. Ook dat nog. Maar voordat ze kon besluiten wat prioriteit had, hoorde ze motorgeronk in het steegje. Met zijn drieën renden ze de koplampen tegemoet.

Jack brulde naar de agenten of ze gek waren geworden en Cita trok Evi direct van de voorste scooter af. 'Wil je dit nooit meer doen!'

'Mam, doe normaal,' zei Evi en beduusd bleef ze naar haar kijken. 'Ik was toch maar heel even weg.'

'Waar ben je geweest?'

Evi deed haar helm af en haalde haar schouders op. 'Gewoon tien minuten bij de Workingplace.'

'Gewoon tien minuten,' herhaalde Cita en gooide haar armen wanhopig in de lucht. 'Je leven wordt bedreigd. Je vriend ligt in het ziekenhuis en je gaat "gewoon even" weg.'

'Doran belde,' zei Evi en haar onderlip trilde. 'Hij had nog wat spullen voor mij.'

'Hoezo belde Doran jou?' vroeg Jack en zijn ogen werden een tint donkerder. 'Waarom bemoeit die vent zich toch overal mee?'

En net toen Cita hierover nog meer aan haar dochter wilde vragen, ging haar mobiel.

'Het is Jan,' zei ze en met trillende vingers swipete ze naar rechts. 'Hallo?'

Ze hoorde niet meteen een antwoord, haar buik kromp ineen en ze keek Evi wanhopig aan. 'Jan?'

'Schat, ik ben het.'

'Joris!' riep ze uit en ze greep Evi's hand. 'Waar was je? Gaat het goed met je?'

'Ja, nu wel. Ik ben net bevrijd,' zei hij en alsof hij alles maar in één zin mocht vertellen, praatte hij razendsnel door. Over de mannen in zijn kamer, over de schop tegen zijn hoofd, het barricaderen van zijn slaapkamer, de dorst, de uren dat hij dacht dat hij doodging.

En bij elk nieuw detail kneep Cita harder in Evi's hand. Vooral toen ze hoorde hoe lang hij daar alleen had gelegen, kromp haar maag samen. 'Wat vreselijk voor je.'

'En ik moest alleen maar aan jullie denken. Lieverd, ik hou zo ontzettend veel van je.'

'Ik ook van jou,' zei ze en ze gaf kusjes door de telefoon. 'Ik was zo bezorgd.'

'Dat is lief, maar het gaat wel,' zei hij en zijn stem klonk inderdaad sterk. 'De ambulancemedewerkers hebben mijn wond verzorgd en me iets tegen de pijn gegeven. En eindelijk heb ik liters water gedronken.'

'Ik vind het zo vreselijk dat ik hier zit en je niet kan helpen,' zei ze en voelde haar ogen prikken. Snel slikte ze de tranen weg. 'En dat ons gezin zo uit elkaar is getrokken.'

'Maar nu komt alles goed,' zei hij resoluut en ze hoorde dat hij iets tegen iemand in zijn buurt zei.

'Wie zijn er nu nog bij jou?' vroeg ze en trok Evi dicht tegen zich aan.

'Jan staat hier naast mij en vier agenten doen sporenonderzoek. Ze fotograferen alles en ze nemen vingerafdrukken.'

'Weten ze al wie het gedaan hebben? Waren het inbrekers?'

Ze hoorde dat hij een slok nam. 'Nee. En ik heb zelf

ook geen idee. Maar het begon allemaal vier dagen geleden met een rare tekst die op mijn schilderij was gekliederd.'

'Welke tekst?' vroeg ze en wenkte Jack dat hij moest komen. Hij liep meteen weg bij de agenten die beteuterd voor zich uitstaarden. 'Stond er toevallig: WE ARE WATCHING YOU?'

'Hoe weet jij dat?'

'Dit is echt eng,' zei Cita en ze hoorde dat haar stem weer begon te trillen. 'Ik heb dezelfde bedreiging gehad. Ik geef je Jack even, die Australische rechercheur. Hij kan…'

'Het is goed, schat. Trouwens, nog even over William. Is hij weer vrij?'

Cita zuchtte. 'Ja, William is vrij, maar ook weer gewond geraakt. Het houdt niet op. Ik heb je zoveel te vertellen…'

'Cita, ik wil alles horen, maar ik moet nu gaan,' zei hij opeens gehaast. 'De dierenambulance is hier voor Lewis.'

'Lewis? Wat is er in godsnaam met hem?' vroeg ze en ze hoorde gerommel op de achtergrond, maar Joris gaf geen antwoord meer.

'Wat is er met Lewis?' herhaalde ze nu harder.

'Cita? Dit is Jan,' klonk ineens een zware rookstem. 'Die idioten hebben jullie hond kapotgeschopt. Het lijkt alsof hij zijn bekken gebroken heeft. Hij heeft veel pijn. Joris gaat…'

De veranda leek ineens te draaien, Cita viel naar achter, haar mobiel knalde op de grond en net op tijd ving Jack haar op. In zijn armen kon ze haar tranen niet langer meer wegslikken en ze begon onbedaarlijk te huilen.

'Joris... gewond... Lewis...' riep ze door de tranen heen.

Jack maakte sussende troostgeluiden en hield haar stevig vast. 'Rustig maar. Het komt goed.'

Evi pakte de telefoon op en praatte verder met Jan. Cita hoorde dat ze het over mogelijke daders hadden en dat Evi ook Joris nog even aan de telefoon kreeg. Ze wilde meepraten maar het lukte niet meer. Het leek alsof alle tranen die ze de afgelopen dagen had weggeslikt er in een vloedgolf uitkwamen. Ze had moeite met ademen en een continue stroom van beelden schoot voorbij. Een bebloede Lewis, een opgesloten Joris, Evi onder de wonden, William aan de slangen en Katy's gesloten ogen. Ze probeerde de beelden weg te drukken maar ze leken steeds scherper terug te keren.

'Welke klootzakken doen dit?' riep ze zo hard dat Evi geschrokken het gesprek afrondde en ook naast haar kwam zitten. Ze veegde haar wangen droog en gaf haar een kus op haar voorhoofd. 'Lieve mam, huil maar even.'

Cita kroop dichter tegen haar dochter aan en liet zich zachtjes heen en weer wiegen. Ondertussen kwam Julia met een glas water aan en al kleine slokjes nemend kwam ze een beetje tot rust.

Na een diepe zucht benoemde ze wat zo voor de hand lag: 'We moeten er nu echt alles aan doen om dit op te lossen.'

'Precies,' zei Jack, die meteen opstond en zichtbaar blij was dat hij weer tot actie over mocht gaan. 'Ik rij nu naar het bureau...'

Maar voordat hij zijn plannen verder kon bespreken ging zijn mobiel. 'Rowling.'

Cita zag aan zijn verbaasde gezicht dat hij met een onbekende beller sprak. Al snel had ze door dat het de Nederlandse politie was. Ze hadden het over de bedreigingen, de aanval op Joris en de gebeurtenissen op Bali. Ten slotte hoorde ze ook een paar keer het woord *probation*. Het duurde even voordat ze zich herinnerde wat de vertaling was. Ze begreep dat ze spraken over de reclassering en dat Jack zich ervoor verantwoordelijk wilde stellen. Toen hij ophing keek hij haar bijna vrolijk aan.

'Was dat Karel?' vroeg ze en gelukkig klonk haar stem weer wat rustiger. Ze schaamde zich voor haar uitbarsting. Al wist ze ook dat niemand het haar kwalijk nam. 'Waarom belde hij je?'

'Het was een Nederlandse agent die ik over het onderzoek heb gesproken. We gaan er gezamenlijk hard aan trekken.' Jack streek zijn overhemd glad en wreef over zijn kin. Alsof hij zich klaarmaakte voor de strijd. 'En ja, ik sprak ook ene Karel. Ik heb met hem afgesproken dat ik tijdelijk Joris' toezichthouder word. Je man heeft een week een reclasseringsverlof gekregen. Hij komt zo snel mogelijk deze kant op.'

39

Ze lag op het bed na te genieten van de handen van Rania, die haar een uur lang stevig hadden gemasseerd. Een laken bedekte haar naakte lichaam en met gesloten ogen luisterde ze naar het hoge gezang van de gele *iora* die volgens Julia in de tuin woonde. Nog drie uur en dan zou Joris landen. Nadat Lewis gisterochtend geopereerd was en Jan beloofd had op hem te passen, had Joris snel een ticket kunnen boeken en was hij gistermiddag nog op het vliegtuig gestapt. Eindelijk kon ze hem weer vasthouden, zouden ze met zijn drieën zijn en kon ze hem persoonlijk vertellen hoe trots ze op hem was. Hoe goed hij alles had doorstaan en ondanks alle stress niet naar de fles had gegrepen. Misschien had Leelah gelijk toen ze voorspelde dat Bali weleens de redder van hun huwelijk kon worden.

'Mam, slaap je?'

'Nu niet meer,' antwoordde ze, maar ze hield haar ogen dicht. 'Heb je dokter Wayan al gebeld?'

Ze hoorde Evi op blote voeten dichterbij komen en naast haar op de kruk gaan zitten.

'Ja en hij was eigenlijk heel positief. William heeft opnieuw een rustige nacht gehad. En hij is weer even wakker geweest.'

Cita opende haar ogen, draaide zich op haar zij en keek haar dochter aan. 'Wat een heerlijk bericht.'

'Ik mag hem vanmiddag zelfs even kort bezoeken,' zei ze met stralende ogen. 'Denk je dat Jack dat goedvindt?'

Ze wist dat hij grote bezwaren zou hebben, maar ze beloofde haar best te zullen doen hem te overtuigen.

'Heb je Jack vandaag al gesproken?' vroeg Evi en ze wiebelde met haar slipper. 'Had hij nieuws?'

'Hij belde vlak voor de massage. Gisteren hebben ze vijf mensen gehoord en zelfs nieuwe getuigen gevonden. Ik denk dat hij zo meteen nog langskomt. Hij kon er verder niets over zeggen, maar vermoedde dicht bij een doorbraak te zijn.'

Evi schudde haar hoofd. 'Bijzonder hoe snel dat dan ineens gaat.'

'Ik denk dat Jack ook echt een hele goede is.'

'En natuurlijk persoonlijk gemotiveerd. Ik vind het nog steeds ongelooflijk dat Katy zijn nichtje is.'

Cita knikte en speelde met de rand van het laken. 'Het blijft een bizar verhaal. Dat van mij nu heel snel afgesloten mag worden. Ik ben zo klaar met alles.'

'Precies en dan kunnen die standbeelden ook eindelijk weg,' zei Evi en wenkte met haar wenkbrauwen naar de twee agenten op de veranda.

'Arme mannen. Die doen ook maar hun werk.'

Evi sprong op. 'Dat is waar. Ik ga nog even Julia helpen met de taarten voor pap.'

'Taarten? Meer dan een?'

'Ze maakt er drie. Kom je mee?'

Ze schudde haar hoofd. 'Ik blijf liever nog even liggen.'

'Zo verdiend mam,' zei Evi en vlak voordat ze de kamer uit was, draaide ze zich nog om. 'Pap wordt toch opgehaald door een agent?'

'Dit heb je echt al duizend keer gevraagd,' zei Cita en ze draaide quasiverontwaardigd met haar ogen. 'Je weet toch dat dat Rajendra het meest veilig leek.'

'*Just checking*,' zei Evi met een grote grijns en ze rende naar de keuken.

Grinnikend draaide Cita zich terug op haar rug. Het was zo vanzelfsprekend om het weer wat gezelliger met Evi te hebben dat ze zich niet kon voorstellen dat dat jarenlang anders was geweest. Heerlijk om anekdotes over haar leven te horen en inspirerende verhalen over haar vrienden van de Workingplace. Ze zag nu toch wel in dat die zaak een bijzondere plek was. Al die jonge mensen van over de hele wereld die samen aan zoveel verschillende projecten werkten. Ze dacht weer terug aan Evi's documenten die ze uit de cloud van de Workingplace had gekregen. Waarin ze als moeder zo weinig voorkwam en hoeveel pijn dat had gedaan.

Eigenlijk was het wel vreemd dat ze toen ook niet meteen de rest van haar dochters spullen had meegekregen, maar dat Evi die pas twee dagen geleden kon ophalen. Als alles voorbij was, moesten ze nog maar weer eens naar haar huisje gaan en de rest van haar spullen ophalen. Althans, als ze hier wilde blijven logeren. En al denkend over de echte rust op Bali, sukkelde ze in een lichte slaap.

Jack stapte haar kamer binnen. In een reflex trok ze haar laken omhoog en direct lagen haar voeten bloot.

Hij leek het niet te op te merken en begon meteen te praten. 'Hallo, ik zat nog even te denken, vind je het ook niet gek dat...'

'Ook goedemorgen Jack.' Ze zwaaide en wees op het laken. 'Wil je nog even buiten wachten?'

'Mijn excuses, ik ben ook zo onhandig. Ik had niet gemerkt dat je nog niet aangekleed was.'

Ze schoot in de lach. 'Je bent nog directer dan een Hollander. Geef me vijf minuten.'

Jack maakte op de veranda een praatje met de kleinste bewaker, de toegankelijkste van de twee, en snel trok ze Joris' favoriete oranje jurkje aan. De zijden stof plakte op haar nog geoliede rug. Haar haar deed ze in een lage staart en vlug knoopte ze haar sneakers vast.

'Zo, wat had jij bedacht?' zei ze toen ze naar buiten liep.

Jack deed een stap naar achteren en bekeek haar van een afstandje. 'Mooi! Daar zal Joris blij mee zijn.'

'Pas maar op, je wordt nog attent,' zei ze lachend en ze gaf hem een duwtje tegen zijn schouder. 'Maar vertel.'

Met veel handgebaren legde Jack uit dat hij een paar jongeren bij de Workingplace had gesproken en dat hij het vreemd had gevonden dat al hun gegevens op een lokale cloud werden opgeslagen.

'Dat is toch niet zo raar? Elk bedrijf heeft een soort intern netwerk,' zei ze en ze ging op het bankje zitten.

Jack bleef voor haar staan. 'Ja, maar die slaan niet al je persoonlijke gegevens op.'

Ze knikte. 'Dat is inderdaad vreemd, maar waarom zouden ze dat doen?'

'Dat is precies wat ik aan ze vroeg. Ze vonden dat het nodig was om goed samen te kunnen werken. Maar op weg hierheen bedacht ik me dat al die gegevens ook makkelijk in verkeerde handen kunnen vallen. Met of zonder opzet.'

'Zoals bij de Laskarbende?'

'Bijvoorbeeld.'

Beiden waren even stil en keken naar de agenten die net weer een kreteksigaretje opstaken. Het is dat ze de geur van kruidnagels zo lekker vond, anders zou ze er gek van worden.

'Misschien moeten we toch nog even terug,' stelde hij uiteindelijk voor.

'Samen?'

Hij knikte en deed zijn helm al op. 'Het duurt maar even. Maar ik vermoed dat jij als geschrokken moeder uitstekende afleiding bent. Dan kan ik onopvallend nog wat rondkijken.'

'Prima.'

Ze riep Evi dat ze even met Jack meeging naar het bureau. Ze wilde niet dat haar dochter zich zorgen zou maken over haar vrienden bij de Workingplace en gebruikte als excuus dat ze een getuigenverklaring moesten ondertekenen. Over een uur zou ze alweer terug zijn. Evi riep vanuit de keuken dat tegen die tijd de taarten wel klaar zouden zijn.

Cita stapte achterop en ze reden via smalle paden door de rijstvelden naar Ubud. De steegjes waren gevuld met Balinezen in kleurrijke sarongs en handen vol met bloemen.

'De ceremonie is natuurlijk vandaag,' gilde ze in Jacks oor.

Jack knikte. 'We zijn op tijd weer weg voor de echte drukte begint.'

Soepel draaide hij door de steeds dikker wordende menigte en parkeerde voor de apotheek. Hij hielp haar bij het afstappen en wees naar de bijna lege schappen. 'Ik denk trouwens dat deze winkel zo'n dekmantel is.'

'Mogelijk,' zei ze en ze trok haar jurkje recht. 'Het zou wel verklaren hoe de Laskars de Workingplace in beeld kregen.'

Ze ging voor Jack de trap op en draaide zich halverwege om. 'Heb jij ondertussen al bedacht wat het verband zou kunnen zijn met de aanval op Joris?'

'Nee, ik heb nog geen flauw idee,' zei Jack hoofdschuddend. 'Al die losse eindjes. Het is gekmakend.'

Nog voordat ze hun schoenen uit konden doen, stak Doran zijn hoofd al om de deur. 'Dat is ook toevallig, ik wilde je net bellen om te vragen hoe het met William is. Wat een rotverhaal nou weer. Kom gauw binnen.'

Jack bedankte hem voor zijn belangstelling en Cita legde uit dat het er voor William al een stuk beter uitzag. Met zijn drieën stapten ze naar binnen en stonden meteen in het tumult van de werkplek. Een volledig getatoeëerde jongen met een laptop onder zijn arm stond koffie te zetten en twee meisjes waren aan een lange tafel met tientallen spreadsheets bezig. Een meisje keek op en staarde Jack aan. 'Was u hier net ook niet?'

Doran draaide zich abrupt naar hem om en hij leek even geïrriteerd maar herstelde zich snel. 'Echt? Wat vervelend. Dat had ik niet doorgekregen. Had u nog meer vragen? Kan ik nog iets voor jullie betekenen?'

'Nou,' begon Cita. 'We zouden eigenlijk wel...'

'... gewoon nog even willen rondkijken,' onderbrak Jack haar.

Het was eigenlijk helemaal niet wat ze wilde zeggen, maar ze kreeg het gevoel dat Jack een plan had en glimlachte bevestigend.

'Prima, ga je gang,' zei Doran en pakte zijn tas van tafel. 'Als jullie het niet erg vinden, ga ik door naar mijn afspraak. Met die drukte in de stad duurt verplaatsen eindeloos.'

Ze namen afscheid en zodra Doran de deur uit was, liep Jack naar de jongen met de tattoos. 'Andri was het toch?'

De jongen knikte. 'Dat hebt u goed onthouden.'

'Dat is mijn werk,' lachte Jack hem vriendelijk toe, maar zijn ogen stonden zakelijk. 'Andri, luister. We hebben nogal haast. Zei je vanochtend nou dat je een ledenbestandje op je computer had?'

'Klopt. Ik hou de administratie bij. En...'

'Mag ik dat even zien?' onderbrak Jack hem. 'Alleen om te checken hoeveel Australische leden er naast Katy nog meer zijn.'

Cita begreep dat dit een onzinreden was, maar ze kon niet bedenken wat Jacks echte bedoeling was.

Andri leek even te aarzelen maar toen Jack zei dat Doran daarvoor net zijn fiat had gegeven, schoof hij meteen aan tafel en klapte zijn laptop open. Jack ging direct naast hem zitten.

'Kijk, hier is het,' zei Andri en hij wees naar het scherm. 'Als u op F5 drukt staan ze alfabetisch en met F2 zijn ze per nationaliteit gerangschikt.'

'Duidelijk. Mag ik er even zelf naar kijken?'

En voordat Andri antwoord had gegeven, trok Jack de laptop naar zich toe en scrolde door de lijst.

‘Zullen wij maar een kop koffie halen?’ vroeg Cita, want ze begreep inmiddels wel dat Jack de namen in zijn eentje wilde bekijken.

Andri liep met haar mee en ze vroeg of hij Evi kende.

‘Wie niet? Ze is zo enthousiast en altijd overal bij.’

‘Ze is mijn dochter,’ zei ze en ze voelde een ongekende trots.

‘Echt?’ vroeg Andri en hij pakte meteen haar handen vast. ‘Ik was zo blij om haar even te zien toen ze haar spulletjes kwam ophalen. Ze zag er weer stralend uit.’

‘Ja, het gaat gelukkig goed met haar. Welke spullen kwam ze eigenlijk halen?’ vroeg ze en ze trok langzaam haar handen terug uit Andri’s kleffe greep.

‘Niets bijzonders. Van die dingen die we hier allemaal vergeten. Opladers, pennen, een notitieboekje. Doran had ze voor haar in een doos verzameld.’

‘Dat is aardig van hem.’

Andri knikte driftig. ‘Zeker. Op de achtergrond is hij toch een beetje als een vader voor ons.’

‘Dat is vast een prettig gevoel,’ zei ze en ze wilde eigenlijk meer over Evi’s leven hier vragen maar zag in haar ooghoek Jack alweer opstaan en haar kant opkomen.

‘Dank Andri,’ zei hij en hij gaf de jongen kort een hand. ‘Dat was nuttig. Zullen we gaan?’

Nog voordat ze bevestigend kon antwoorden, had Jack zich al omgedraaid en liep in de richting van de deur.

‘Nou, ik zal Evi dan maar de groeten van je doen,’ zei

ze en ze liet de jongen beteuterd achter.

'Waarom wilde je nu zo snel weg?' vroeg ze toen ze buiten stonden.

Jack deed onhandig zijn veters vast en viel bijna voorover, maar het gestuntel weerhield hield hem niet van een vlammend betoog. 'Het is precies wat ik dacht. Er is hier iets helemaal mis. Iedereen, Evi, Katy, William, Ramon, je weet wel, die Indiër van de Greenschool, en de jongen Richard in Kuta, ze staan allemaal op die lijst.'

'Nou en? Er staan wel honderden jongeren op. Wat bewijst dat nou?' vroeg ze.

Jack zuchtte diep. 'Geen idee, maar ze stonden alle vijf vetgedrukt.'

Een rilling schoof langs haar ruggengraat. 'Nee! Waren er nog meer?'

'Nog zeven. Ik heb ze gefotografeerd en doorgestuurd naar mijn team. Kom,' zei hij en hij rende voor haar uit de trap af. Ze trok haar laatste schoen aan en ging achter hem aan. Hij stond al met ronkende motor op haar te wachten.

'Ik breng je naar huis en rij dan meteen door naar het bureau.'

Ze stapte achterop. 'Misschien kent Evi die namen ook wel.'

'Misschien wel ja,' zei hij en hij gaf vol gas.

40

'Die eikels zijn er weer niet,' riep Jack nog voordat hij de motor afzette.

De scooters waren inderdaad verdwenen, de veranda was leeg en alle deuren waren gesloten. Haar hart sloeg over. 'Verdomme!'

'Ik kijk in de keuken,' zei Jack en hij holde meteen naar de achterzijde van het huis.

'Evi?' schreeuwde Cita en ze rende naar het huis. 'EVI!'

Maar alle kamers waren stil en verlaten. Ze pakte haar mobiel en probeerde direct haar dochter te bellen.

'Nee, ook dat nog,' riep ze, toen ze zag dat ze geen bereik had.

Ze hoorde Jack in de tuin vloeken en rende naar buiten. Meteen dook ze naar achter. Daar op de betonnen vloer van het terras lag een bloedend lichaam.

'Julia,' gilde ze en ze dook naast haar op de vloer. Ze hield haar hand op Julia's borst, voelde dat ze ademde en legde haar snel in de stabiele zijligging. Tijdens de draai opende Julia haar ogen.

'Ibu Cita,' fluisterde ze. Haar gezicht was aan een kant helemaal blauw. 'Het spijt mij vreselijk.'

'Waar doet het pijn?' vroeg Cita en probeerde te beoordelen wat er was gebeurd. Julia had duidelijk een dreun in haar gezicht gekregen. Haar hoofd bloedde en op haar benen zaten een paar open wonden alsof ze was geschopt. 'Ben je gevallen?'

'Of heeft iemand je aangevallen?' vroeg Jack die naast haar hurkte.

'Sorry, sorry,' bleef Julia herhalen zonder uit te leggen hoe het kwam dat ze er zo gehavend bij lag. 'Ik wilde het echt niet.'

Jack pakte haar hand. 'Wat is er dan precies gebeurd?'

Julia bleef zich maar excuseren en ondertussen controleerde Cita de rest van haar lichaam. Ze leek geen fracturen te hebben en het bloed begon te stollen, maar een inwendige bloeding kon ze natuurlijk niet uitsluiten. Voorzichtig legde ze haar benen recht naast elkaar.

'Waar is Evi eigenlijk?' vroeg ze, toen ze haar sjaal onder Julia's hoofd had gelegd. 'Is ze bij Rania?'

Julia begon nu pas te huilen. 'Ik wilde het echt niet zeggen.'

'Wát wilde je wie niet zeggen?' vroeg Cita en ze depte met het puntje van de sjaal Julia's voorhoofd schoon.

Fluisterend en in korte zinnen kwam het verhaal eruit. Twee mannen met zakdoeken voor hun gezicht hadden haar uit de keuken getrokken en meteen tegen de grond geslagen. Ze hadden constant tegen haar schenen geschopt en gevraagd waar Evi was. 'Ik zei niets. Echt niets.'

'Dat was heel goed van je,' sprak Jack haar bemoedigend toe. 'Maar waar is ze?'

'Naar het ziekenhuis,' zei Julia en eindelijk leek ze wat tot rust te komen. 'De dokter had gebeld dat William om haar had gevraagd. De bewakers wilden haar niet laten gaan. Toen Evi dreigde een taxi te nemen, hebben ze haar toch maar gebracht.'

'Goed, dan is ze veilig,' concludeerde Cita.

Maar Jack leek minder gerust en sprong op. 'Heb je die mannen dat echt niet verteld?'

Nu begon Julia toch weer te huilen en sloot twee handen om haar hoofd heen.

'Heb je pijn?' vroeg Cita en bedacht zich dat een epiduraal hematoom niet onwaarschijnlijk was. 'Ik denk dat we de ambulance moeten bellen.'

Julia schudde haar hoofd. 'Niets doet pijn. Maar ze hadden het over Najib...'

'Over wie?' onderbrak Jack haar ongeduldig.

'Najib, mijn broer die door de Laskarbende is geëxecuteerd. Ze zeiden dat ze mij ook zouden vermoorden en...'

'En toen heb je toch verteld waar Evi was. Ik wist het. Kom, we gaan,' riep Jack en hij pakte haar arm.

Cita rukte zich los. 'We kunnen haar toch niet zo achterlaten?'

'Natuurlijk wel!' schreeuwde Jack en hij trok haar omhoog. 'Evi is misschien in gevaar.'

Haar keel leek te worden dichtgeknepen en ze staarde Julia aan. De arme vrouw had haar ogen gesloten. 'Ik bel Rania.'

'Doe wat je niet laten kunt, maar stap eerst achterop.'

'Ja ga snel,' fluisterde Julia en ze gebaarde dat ze weg moesten rijden. 'Snel!'

Cita pakte haar mobiel uit haar tas en zag dat ze nog steeds geen bereik had. Ze streelde Julia's wang. 'Het is niet erg.'

'Gas,' zei ze toen ze bij Jack op de scooter stapte. 'Maar we rijden wel via Rania naar de kliniek.'

41

Ze reden door Jalan Hanoman en moesten door de aanzwellende menigte steeds langzamer rijden. Op een gegeven moment kon Jack geen centimeter meer verder. Voor hem liepen lange rijen Balinezen, op weg naar de hoofdstraat.

'Heb je mijn collega's al te pakken gekregen? Of Evi?' riep hij naar achteren.

'Nee, ik krijg maar geen bereik.'

Jack pakte zijn telefoon en ook hij had geen signaal. Meteen sprak hij een jonge man aan die met zijn mobiel de crematiestoet filmde.

'Mag ik je telefoon even lenen?' vroeg hij en liet zijn politiebadge zien.

'Dat mag, maar je kunt niet bellen. Alles is afgesloten,' zei hij en wees naar de twintig meter hoge bamboetoren die aan het eind van de straat hoog boven de huizen uittorende. 'In die verbrandingstoren zit de lijkkist die straks draaiend om zijn as wordt gedragen.

Daarom zijn alle laaghangende telefoonlijnen en elektriciteitsdraden verwijderd en...'

'Vallen dan ook de zendmasten uit?' onderbrak Jack de jongen die beleefd bleef lachen. 'Wat is dit voor een waanzin?'

Cita gaf hem een duw in de rug. 'Dank je. Hoe komen we buiten de massa om het snelst bij het ziekenhuis?'

Met veel armgebaren legde de jonge Balinees uit welk steegje ze het beste konden nemen en dat ze haast moesten maken omdat het nog drukker zou worden. 'Jullie hebben echt veel geluk dat jullie het mee kunnen maken. Deze koninklijke ceremonie is erg bijzonder.'

'Ja, veel geluk,' mompelde Jack en hij probeerde de scooter te draaien. Plotseling deinsden de mensen achteruit en met geschreeuw en lawaai kwam een lange stoet mannen in zwarte T-shirts aangehold.

'Dit zijn de kerels die de toren gaan dragen,' zei de jongen en zijn gezicht straalde van trots. 'Ze maken herrie om de kwade geesten af te schrikken.'

Cita keek om zich heen. Bewegen in de meute was nu helemaal onmogelijk. Ze stapte af en klampte de jongen aan. 'Is het beter om lopend verder te gaan?'

'Geen idee,' antwoordde hij nog, maar was duidelijk alweer afgeleid. Nauwgezet volgde hij de optocht en riep dezelfde leuzen als de stevige kerels die voorbijstoven.

Cita voelde haar kaakspieren verstrakken en zocht Jacks blik. 'Wat nu?'

Jack antwoordde niet maar gebaarde dat ze weer achterop moest gaan zitten. Hij gaf gas en hield zijn hand constant op de toeter. Ondanks het kabaal op straat keken de toeschouwers toch verstoord om.

'Politie, politie,' gilde hij al zwaaiend met zijn badge boven het rumoer uit. 'Noodgeval. Politie!'

En heel langzaam begon in de menigte ruimte te ontstaan. Jack manoeuvreerde tussen hen door en vond na een minimarket de ingang van de steeg. Zodra hij de hoek om was, gaf hij vol gas. Behendig vermeed hij uithangborden van *home stays*, reed dwars door bloemenoffertjes heen en ontweek op het nippertje twee meisjes die het nauwe straatje plotseling overstaken. Door de snelheid streek een koele wind langs haar gezicht. Eindelijk. De zon, de angst en de drukte hadden haar totaal verhit. Hijgend leunde ze tegen Jacks bezwete rug. Als we maar op tijd komen, galmde het als een mantra door haar hoofd. Als we maar op tijd komen.

Jack draaide de hoek om en remde zo hard dat de achterband weggleed. Ze moest zijn shirt grijpen om niet te vallen. Haar hartslag schoot omhoog. 'Wat doe je?'

'Doodlopende straat.'

Aan het eind van de steeg zag ze inderdaad een hoge muur. 'Zijn we verdwaald?'

Jack schudde zijn hoofd en probeerde de scooter te draaien. Bij de tweede poging viel de motor uit. '*Fuck!*'

Gehaast trapte hij de scooter aan, hij kon nu wel de bocht nemen, reed een stuk terug, nam een andere afslag en reed op hoge snelheid verder. Maar Evi kon het ritme van haar hart niet meer onder controle krijgen. Het zweet brak haar uit en haar bloed werd op een te snel tempo door haar lijf gejaagd. Nee, geen paniekaanval. Niet nu. Ze werd duizeliger en sloeg haar armen om Jacks middel.

Wat had Leelah nou ook weer gezegd? Ja, zing het Wilhelmus. En fluisterend begon ze: 'Wilhelmus van Nassouwe ben ik, van Duitsen bloed. Den vaderland getrouwe...'

Geleidelijk begon haar hart weer trager te kloppen en kreeg ze meer lucht. Haar mond voelde droog en ze veegde het zweet van haar voorhoofd. Jack leek het niet gemerkt te hebben. Geconcentreerd draaide hij nu een steile verhoging op. Ze herkende aan de aankondiging van Casa Luna dat ze bijna aan de andere kant van de hoofdstraat waren en hoopte dat daar de drukte minder zou zijn. Maar toen ze de laatste bocht namen, raakten ze direct weer verstrikt in de dichte kluwen van mensen. Deze groep had paarse shirts aan en droeg verschillende zware slagwerkinstrumenten en bamboefluiten.

'Shit, het gamelanorkest,' riep Jack en hij stapte af. 'Daar komen we nooit doorheen.'

Tijd voor discussie was er niet en Cita hielp de scooter in een inham te parkeren. 'Gaan we verder lopen?'

Jack knikte en hij liep voor haar uit de dampende menigte in. Zich excuserend probeerde ze zich ook langs de lichamen te wringen. Hier en daar was er zo weinig ruimte dat het voelde alsof ze geplet zou worden, maar gelukkig was ze net lang genoeg om af en toe over de hoofden heen te kunnen kijken. Ze zag in de verte de stier door de straten getild worden en probeerde ondanks de deinende massa Jacks lange lichaam te blijven volgen. Na de afslag naar de crematieplek werd de hoeveelheid mensen snel minder en konden ze moeiteloos op volle snelheid de straat uitrennen.

Om de hoek zagen ze eindelijk het lage gebouw liggen. De stoep voor de slagboom was leeg en de parkeerplaats erachter was helemaal verlaten. Een groot contrast met de gebruikelijke drukte rond het ziekenhuis. Het was duidelijk dat bijna elke inwoner de ceremonie bijwoonde.

'Even een seconde op adem komen,' hijgde Cita en ze leunde tegen een boom aan.

Maar Jack pakte haar hand. 'Kom op.'

Ze liet zich door hem voortslepen en samen sprintten ze over de parkeerplaats naar de ingang. Nu pas viel het haar op dat er rood-witte linten voor de entree waren gespannen.

'Het lijkt wel volkomen uitgestorven,' riep ze naar Jack, die haar over de stoep naar de ingang trok. Voor de glazen deur bleven ze hijgend staan, maar er gebeurde niets. De deur schoof niet automatisch open. Haar hart begon weer extra slagen te maken.

'We moeten naar binnen,' gilde ze en ze bonkte tegen het glas.

'Hallo,' bulderde Jack en sloeg met twee vuisten tegelijk op de deur. 'Doe open! Snel!'

Meteen verscheen vanuit de receptie een agent met een automatisch geweer schuin voor zijn borst gespannen. Vlak voor de gesloten deur bleef hij staan.

'Ga weg. Nu,' schreeuwde de agent door het glas heen. 'De kliniek is gesloten.'

'Mijn dochter is binnen,' gilde Cita en ze voelde dat haar benen begonnen te trillen. 'Doe open alstublieft.'

Maar de agent schudde zijn hoofd en bleef staan.

Jack trok zijn badge uit zijn borstzak en hield hem duidelijk zichtbaar in de lucht. 'Australische politie. We moeten erin!'

Nu drukte de man kort op een knop op de muur. Langzaam schoof de deur vijf centimeter open.

'Het ziekenhuis is dicht,' herhaalde de agent nors. Zijn pokdalige gezicht was rood aangelopen. 'Iedereen is bij de ceremonie.'

'Daar geloof ik niets van,' zei Jack en hij stak zijn hand door de opening om de deur verder open te schuiven. 'Laat ons er nú in!'

Briesend schopte de agent Jacks hand weg, richtte zijn geweer op hem en sloot de deur. Met een ruk trok

Jack Cita naar achter en samen doken ze achter een muurtje. Haar knie schaafde pijnlijk over de stenen en ze viel midden in de vochtige aarde en rottende bladeren. Ze duwde zich op en rilde over haar hele lichaam. 'Wat nu?'

'Kunnen we omlopen?' vroeg Jack, die op zijn knieën zat en net over de rand van de muur de agent in de gaten hield. 'Uit het zicht van die zak?'

Ze knikte en veegde de aarde uit haar schaafwond. 'Als we via de oever van de rivier door de dichte jungle lopen, ziet niemand ons. Volgens mij komen we dan bij de behandelkamers aan de achterkant uit.'

'Kom,' zei Jack en gehurkt trok hij haar omhoog. 'Snel.'

Ze renden via de rand van de parkeerplaats en schoten langs de slagboom, de rustige straat op.

'Daar is de brug,' wees Cita en ze wilde doorhollen toen een politiewagen de hoek omdraaide. Met piepende banden stopte de auto en Rajendra sprong eruit.

'Shit.' Cita zocht Jacks blik. 'Ik weet niet of ik hem vertrouw.'

'We hebben geen keus,' zei hij stellig en liep direct naar Rajendra. Plotseling zwaaide de andere autodeur open en langzaam kwam er nog een man uit.

Cita sloeg haar hand voor haar mond. 'Joris!'

42

Hij wist dat hij haar moest loslaten. Maar ondanks de pijn aan zijn ribbenkast en de twee ongedurige mannen achter haar, trok hij Cita toch nog wat dichter tegen zich aan. Haar frêle lichaam voelde zo vertrouwd.

'Lieverd, ik heb je vreselijk gemist,' fluisterde hij in haar zachte haren. 'Ik had je nooit alleen moeten laten gaan. Het spijt me.'

'Het is niet erg,' zei ze en ze kuste zijn nek.

De grote, verhitte man die niemand anders dan Jack kon zijn, kon duidelijk niet langer wachten en stapte op hem af. 'Rowling. Goed dat je er bent, Joris.'

Hij liet Cita los en gaf Jack een hand. 'Dank voor je uitstekende zorgen.'

'Zo goed heb ik het niet gedaan,' zei Jack en hij begon gehaast te vertellen wat er de afgelopen uren was gebeurd. Dat Evi William was gaan opzoeken, dat twee gewelddadige mannen haar zochten, dat de kliniek gesloten leek, maar dat ze daar vermoedelijk wel werd vastgehouden.

Joris voelde het bloed naar zijn wangen stijgen. 'Wat doen we dan hier nog? Kom.'

'Wacht even,' zei Rajendra en hij hield hem tegen. 'Ik hoorde inderdaad van Evi's bewakers dat ze in het ziekenhuis was en bracht Joris hier om…'

'Heb je contact met haar bewakers?' onderbrak Jack hem en hij veegde het zweet van zijn voorhoofd. 'Het hele netwerk ligt er toch uit?'

Joris voelde ook bij hem zweetstraaltjes over zijn rug gaan en wapperde met zijn shirt.

Rajendra wees naar zijn auto. 'We hebben portofoons, die zitten op een andere frequentie.'

'Natuurlijk, dat is waar. Hebben ze iets gezegd over de situatie in de kliniek?' vroeg Jack en hij depte opnieuw zijn voorhoofd. 'Kunnen we ze nu bereiken?'

Rajendra schudde zijn hoofd. 'Ze reageren het laatste kwartier niet meer.'

'Maar je kunt natuurlijk wel andere collega's om assistentie vragen,' stelde Jack voor.

'Dat wilde ik net gaan doen,' zei Rajendra en hij liep naar zijn auto. 'Maar door de ceremonie kan het wel even duren voordat ze hier zijn.'

Jack zocht oogcontact en op het moment dat Rajendra de auto in stapte, riep hij: 'Nu!'

Cita pakte Joris' hand en samen renden ze achter de Australiër aan. Joris had geen idee waar ze heen gingen, maar begreep dat elke seconde telde. Ze doken langs een brug de oever van een rivier op en achter elkaar aan baanden ze zich een weg door de jungle. Lianen sloegen in zijn gezicht en met moeite duwde hij de zware bamboestokken voor Cita weg. Zijn sneakers verdwenen diep in de blubber en bijna gleed hij het water in. Maar al snel zagen ze een laag gebouw en Jack gebaarde dat ze zo stil mogelijk verder moesten sluipen. Hoewel hij op zijn lip moest bijten vanwege de pijn aan zijn rib kropen ze dichterbij en doken gehurkt onder een groot raam.

'Hier ligt William,' fluisterde Cita in zijn oor. 'Misschien is Evi bij hem.'

Joris stond meteen op om over de rand te kijken, maar Jack trok hem naar beneden.

'Kijk uit man,' zei Jack duidelijk geïrriteerd, maar zo zacht mogelijk.

Joris haalde verontschuldigend zijn schouders op en viste zijn mobiel uit z'n binnenzak. Hij gebaarde dat hij een filmpje wilde maken en liet zijn telefoon net boven het kozijn uitkomen.

Bij het terugkijken van de beelden zagen ze alleen een bed met een agent ernaast. Evi was nergens te zien.

Net toen Joris hardop de vraag wilde stellen wat ze nu moesten doen, hoorde ze geluiden in de kamer ernaast.

'Evi,' zei hij zacht en hij kroop op handen en voeten naar het aangrenzende raam. Opnieuw filmde hij de kamer en speelde het meteen af.

'Fuck,' fluisterde Jack, toen ze Evi geboeid op een

stoel zagen zitten. Vastgehouden door twee mannen.

'Is dat Hendrad?' vroeg Cita met haar ogen opengesperd van angst.

Joris schoof dichterbij en aaide haar wang. 'Hoe komen we hier binnen?'

'Blijf van me af!' hoorden ze ineens Evi gillen. 'Nee, ik ga niet mee.'

'Jezus, we moeten nu iets doen,' zei hij bijna geluidloos tegen Jack.

Cita trok aan zijn mouw en wees hem op een groen exitbordje naast het raam. En zonder ook maar een seconde na te denken, stond hij op, rende naar de nooduitgang en trok de deur open. Hij hoorde dat Jack Cita toeschreeuwde dat ze moest blijven zitten maar hij kwam wel zelf achter hem aan.

'Evi,' gilde Joris zo hard hij kon. 'Evi!'

Hij holde de gang door, gleed de hoek om en stond meteen stil. Jack dreunde vanachter tegen hem aan. Daar, recht voor hen, stond Evi. Zijn lieve Evi. Onder schot. Een agent hield een geweer tegen haar borst aan.

'Schat!'

'Pap!' gilde ze en ze probeerde zich los te wringen van een man in een sarong. 'Papa!'

Jack gebaarde dat ze stil moest zijn. 'Rustig Evi. Het komt goed.'

Met een lage, zware stem gebood hij de kerels Evi onmiddellijk te laten gaan.

'Dat kunnen we helaas niet doen,' zei een jonge Balinese dokter die ook de kamer uit kwam.

'Jezus Wayan,' riep Jack en hij gaf de dokter een duw. 'Klootzak. Hoor jij hier ook bij?'

Wayan viel achterover en in een reflex gaf Joris hem een trap na. Daardoor klapte Wayan tegen een kast en hij bleef kreunend liggen. Voordat de agent kon reageren hoorden ze Cita aan komen rennen. Joris draaide zich meteen om, maar ze leek hem niet te zien. Gillend stormde ze op Evi af. 'Hendrad! Godverdomme, laat haar los.'

Kort keek de man haar geschrokken aan, daarna klonk een schot. En nog een. Evi slaakte een gil. En Hendrad viel kermend naast haar neer.

Plotseling was het ijzig stil. Ze keken allemaal naar de man die dood op de grond lag en naar de schutter die met gericht pistool in de deuropening stond.

'Wauw, Doran,' doorbrak Evi de stilte.

De schutter gaf haar een klein knikje, alsof het de normaalste zaak van de wereld was dat hij net iemand had omgelegd. Daarna gebaarde hij naar de agent die Evi nog onder schot hield zijn geweer op te bergen. 'Ik had al zo'n vermoeden dat het hier fout ging. Ik ben meteen gekomen.'

'Dat is geweldig van je. Dank je, Doran,' zei Cita en ze liep op hem af. 'Dit is Joris, mijn...'

'Wacht,' zei Jack en hij gebaarde dat iedereen moest blijven staan waar ze stonden. 'Hoe wist je dat Evi hier was?'

Dorans gezicht verstrakte. 'De hele Workingplace wist het.'

'Gelul. Je bent een gore klootzak.'

'Jack,' riep Cita verontwaardigd. 'Doe normaal.'

'Hij is het.'

Ze keek hem vragend aan. 'Wát is hij?'

'Denk na, Cita. Hij wist al die tijd alles. Hij zit overal achter,' brieste Jack en hij wees naar Doran. 'Hij verzamelde alle namen van de jongeren, hij gaf opdracht ze te vermoorden, hij werkte met corrupte agenten. Hij...'

'Hou je kop,' siste Doran en hij richtte nu zijn pistool op Jack.

'Dat zou ik niet doen,' reageerde Jack koel en ging wijdbeens staan. 'Ik heb keihard bewijs.'

'Gelul. Je hebt helemaal niets.'

'Nee, niet over de moordopdrachten. Wel over je witwaspraktijken, je vuile afspraken met het ziekenhuis, je deals met de politie, je link met de Laskarbende en je connecties met de georganiseerde misdaad over de hele wereld. Zelfs tot aan Kaagdorp toe.'

Doran riep rood aan. 'Je bluft!'

Jack haalde zijn schouders op. 'Wil je dat risico nemen?'

Dorans arm begon te trillen, maar hij reageerde niet.

'Ik geef je nog een kans,' zei Jack en hij ging steeds rustiger praten, duidelijk zeker van zijn zaak. 'Maak dat je wegkomt. Vlucht desnoods terug naar Chili. Maar laat iedereen op het eiland met rust. En als ik ooit merk dat je wel doorgaat, onthul ik alles!'

Doran lachte schamper. 'Waarom zou ik dat in godsnaam doen? De politie doet precies wat ik wil.'

'Ook als ze horen dat je bordelen runt? Je weet het, porno wordt in Indonesië steeds harder aangepakt. Zeker als het om minderjarige meisjes gaat.'

Nog even twijfelde Doran en hij keek iedereen aan. Als op een foto stonden ze allemaal doodstil op hem te wachten. Ineens gooide hij zijn pistool op Hendrads dode lichaam, rende naar de uitgang, drukte op een knop en verdween door de schuifdeuren. Precies op hetzelfde moment dat het geluid van loeiende sirenes steeds harder werd.

'Ben benieuwd of hij het redt. En als ik jullie was, zou ik er nu achteraangaan,' riep Jack tegen de resterende twee. 'Jullie hebben niet veel tijd meer.'

Wayan krabbelde meteen op en zonder hen aan te kijken rende hij weg, met de agent er direct achteraan.

Nog voordat ze door de nooduitgang waren verdwenen, gaf Joris Jack een duw. 'Jezus, waarom laat je hen gaan?'

'Simpel. Omdat ik alles heb gebluft. Ik vermoedde al wel langer iets. Ik voelde dat die Doran niet te vertrouwen was, maar ik wist niets zeker,' zei Jack inmiddels heel kalm. 'En Doran had gelijk. Als ik hem had laten arresteren was hij binnen een uur weer vrij geweest. Dat was voor iedereen een veel gevaarlijker situatie. Nu houdt hij zich wel even koest. En die andere twee worden zonder twijfel op dit moment door Rajendra ingerekend.'

'Dat hopen we dan maar,' bromde Joris maar hij gaf hem toch een hand. 'In ieder geval bedankt.'

'Ja, voor alles,' zei Cita veel vriendelijker en ze pakte even zijn schouder. 'Echt geweldig gedaan.'

En eindelijk konden ze samen Evi vasthouden. Cita pakte haar hand en Joris sloeg een arm om haar heen. Ze trilde en hij trok haar dichter tegen zich aan. 'O lieve schat, het is voorbij. Nu komt alles goed.'

Epiloog

Ze volgde twee vuurvliegjes die laag over de rijstvelden wegvlogen. Het avondlicht was bijna blauw door de laagstaande maan en het ritselende geluid van de omringende jungle vormde een rustgevend achtergrondritme. Ze keek de lange tafel rond. William, die aan het hoofd zat, had duidelijk net een flauwe grap verteld aan Melissa, die op de tafel sloeg van het lachen. Zijn haar was nog kort van zijn operatie, maar zijn herstel was gelukkig snel gegaan. Evi lag in zijn armen en gaf haar een knipoog. Daarnaast zat Leelah, die met veel handgebaren aan Julia uitlegde dat ze het heel fijn zou vinden als ze bij haar in het weeshuis zou komen werken. Julia knikte vriendelijk maar Cita wist dat ze haar geliefde eiland nooit zou verlaten. Ze had nog een fors litteken op haar gezicht, maar sinds de aanval was Julia wel steeds opener geworden en leefde ze op door alle drukte in de villa. Dagen stond ze in de keuken om iedereen te verwennen met haar lokale gerechten.

Rania zat in het midden van de tafel en keek met

pretoogjes om zich heen. Al meteen toen ze samen met Joris had besloten twee maanden langer op het eiland te blijven, had Rania haar gevraagd of ze mee wilde helpen in de dorpskliniek. Nu had ze drie ochtenden per week spreekuur en kreeg ze met de meest uiteenlopende kwaaltjes te maken. Van tevoren had ze niet kunnen bedenken dat ze juist van dit kleine zo kon genieten.

'Fijn, zo met z'n allen bij elkaar,' zei Joris, die kennelijk haar blik rond de tafel had gevolgd.

Ze legde haar hand over de zijne. 'Elke seconde samen voelt als een cadeau.'

'Wie had drie maanden geleden kunnen bedenken dat we zo zouden zitten? In Evi's favoriete vegetarische restaurant midden in de Balinese natuur?'

'Ik had je ongetwijfeld voor gek verklaard,' zei Cita en ze wees naar haar bord. 'Helemaal als je had gezegd dat ik zou genieten van pasta gemaakt van courgetteslierten met een saus van cashewnoten en tomaten.'

Joris schoot in de lach en gaf haar een kus. 'Ja schat, het leven begint pas echt als je uit je comfortzone stapt.'

Ze gaf hem een kneepje in zijn arm, stond op en wees naar de man aan het eind van het terras. 'Ik loop even naar Jack.'

'Aan het genieten van de avond?' vroeg ze toen ze naast hem stond.

Jack knikte, maar bleef over de duistere rijstvelden kijken. 'Weet je, ik ben zo blij dat ik ben gekomen.

Toen je belde wilde ik eigenlijk meteen nee zeggen, maar nu voelt het goed. Voor het eerst doet Bali geen pijn meer.'

'Ik ken het gevoel,' zei ze en leunde tegen een boom. 'Ik ben ook weer van Azië gaan houden.'

Hij draaide naar haar toe en keek haar strak aan. Zijn mondhoeken krulden licht omhoog. 'Volgens mij heb ik nog een verhaal van jou te goed.'

Ze slikte. Gewoontegetrouw zou ze meteen iets ontwijkends zeggen, maar hij had gelijk. Hij verdiende een versie van haar geschiedenis. En friemelend aan de bast van de boom begon ze te vertellen. Eerst aarzelend en kortaf maar al snel begon het verhaal te stromen en vergat ze geen detail. Ze vertelde over haar gelukkige jeugd in Dhaka en hun zorgeloze vakanties op Bali. Over het idealisme van haar ouders en hun tomeloze inzet.

'Een paar dagen na mijn zestiende verjaardag vlogen ze naar Phnom Penh voor de opening van het eerste kinderziekenhuis in Cambodja. Ik wilde niet dat ze weggingen. Daardoor werd mijn *sweet sixteen party* uitgesteld. Ik was echt heel boos op ze en...' Haar stem brak. Tranen vulden haar ogen.

'Het is goed,' moedigde Jack haar aan. 'Vertel maar.'

'Ik weigerde...' probeerde ze, maar ze kon de woorden niet uitspreken.

'Je weigerde afscheid te nemen en daarna heb je ze nooit meer gezien,' vulde Jack direct voor haar in.

Ze knikte en voelde weer het diepe verdriet en de intense schaamte van dat moment. 'Zo stom van me.'

'Maar dat kun je jezelf toch niet kwalijk nemen,' zei Jack en hij streelde troostend haar hand. 'Je was een puber, wist jij veel.'

Ze glimlachte door haar tranen heen. 'Nu weet ik dat ook. Maar toen gaf ik mezelf de schuld van het ongeluk. En was ik boos op alles wat met Azië te maken had. De inefficiëntie waardoor het vliegtuig neerstortte, het eten dat me aan mijn ouders deed denken, de overweldigende warmte, de vriendelijke mensen, waardoor ik me nog eenzamer voelde. We gingen bij mijn grootouders in Nederland wonen en vanaf dat moment haatte ik Azië. Tot nu dus.'

Ze zwegen en volgden de lichten van een scooter in de verte. Eindelijk zat het verdriet niet meer vast in haar schouders en kon ze haar armen los laten hangen. Het was lang geleden dat ze zich zo ontspannen had gevoeld.

'Bijzonder dat we samen hier staan en wel weer kunnen genieten,' besloot Jack en hij wilde nog iets zeggen maar Evi riep dat de desserts op tafel verschenen.

Ze liepen langs de open keuken terug en hoorden ineens Dorans naam op de televisie die op een plank stond te schallen. In de deuropening bleven ze kijken en zagen journaalbeelden van Doran die in Chili werd opgepakt. Ze begrepen niet alles wat werd gezegd, maar duidelijk was wel dat zijn hele zakenimperium werd opgerold. En dat zijn criminele connecties, die tot over de hele wereld waren vertakt, nu definitief blootgelegd werden.

'Wanneer begon je hem eigenlijk te verdenken?' Eindelijk stelde ze de vraag die ze de afgelopen weken maar niet uit haar hoofd had gekregen.

'Eerlijk gezegd al bij de eerste ontmoeting. Hij was te charmant en iedereen was te lovend over hem,' zei Jack en hij depte met een zakdoek zijn voorhoofd. 'Je weet, ik zoek altijd alles uit over mensen die ik ontmoet. En het gekke was dat ik niets over zijn achtergrond kon vinden. Dat is in deze tijd meteen verdacht.'

'Waarom heb je mij dat niet verteld?'

Hij haalde zijn schouders op. 'Ik had geen bewijs. En je leek hem aardig te vinden. Ik wilde wachten tot ik meer zekerheid had.'

'En dat was bijna te laat,' zei ze net wat venijniger dan ze bedoelde. 'Maar goed, niemand kon zich voorstellen hoe meedogenloos hij was. Ongelofelijk dat hij zijn beginnende concurrenten op de Workingplace al identificeerde nog voordat ze konden groeien en ze meteen om het leven bracht. En dat hij iedereen zo in zijn macht had. Zelfs Rajendra en die brave Hendrad. Tot criminelen in Nederland aan toe, die in zijn opdracht Joris bedreigden.'

Jack grinnikte. 'Ja, zo blijf je wel de meest machtige zakenman van het eiland. Je zou bijna bewondering krijgen voor zijn geraffineerde spel.'

‘En uiteindelijk werd de held van Bali de vloek van Ubud,’ besloot het journaal het item.

Cita gaf Jack een vriendschappelijke duw. ‘En die vloek heb jij doorbroken.’

‘Mam, kom op,’ riep Evi en ze zwaaide vanaf de tafel. ‘De zwarte rijstpudding staat op tafel.’

Cita stak haar arm in die van Jack. ‘En dat klinkt nou als goenagoena op een bord. Ben benieuwd.’

Nawoord

'Traveling – it leaves you speechless, then turns you into a storyteller.' – Ibn Battuta

Bijna dertig jaar geleden kwam ik voor het eerst in Ubud. Sindsdien is er (te) veel veranderd. Toch kom ik nog regelmatig op het eiland en voel ik me er net zo thuis als toen. Voor mij vertelt de plek veel verhalen. Sommige daarvan kwamen terug in *Bali.*

Vaste eilandbewoners als Irene Hoff (Art Irene Hoff – www.irenehoff.com) en Jenny de Blecourt (https://joyjewellerybali.com) gaven bovendien wat achtergrondinformatie.

Een paar van mijn favoriete locaties kregen ook een plek in het boek:

Boetiekhotel 11 on Kajeng
Jl Kajeng no: 40
Ubud

Casa Luna Restaurant
Jalan Raya
Ubud

Cafe Lotus
Jalan Raya
Ubud

Moksa restaurant
(geen adres in rijstvelden bij Ubud)
https://www.moksaubud.com

Geniet ook van de eerdere eilandthrillers van Kiki van Dijk!

Zelfs de diepst weggestopte geheimen blijven je een leven lang achtervolgen...

Reis mee naar Ibiza

Een ontspannen vakantie eindigt in een gevecht voor eigen leven. Wie durf je nog te vertrouwen?

Maggies leven is perfect. Succesvol ondernemer, moeder, echtgenoot, veertiger en nog altijd aantrekkelijk. Haar bruisende ontbijtketen verovert in razend tempo heel Nederland én ze wordt uitgeroepen tot meest succesvolle ondernemer van het jaar.

Om bij te komen van de drukte geeft haar man Sam haar een vakantie naar Ibiza cadeau. Zonder kinderen, zonder man en vooral: zonder stress. Terug naar het spirituele eiland, waar ze als student de eerste houseparty's meemaakte. Maggie gaat op yogaretreat bij haar jeugdvriendin Floor.

Maar wat begint als een relaxte zonvakantie, verandert in een ware nachtmerrie. Na een onverwachtse ontmoeting met haar ex en verschillende mysterieuze verdwijningen, toont het idyllische eiland zijn donkere kant. Of zijn het Maggies eigen diep weggestopte geheimen die haar in gevaar brengen?

***Ibiza*, overal verkrijgbaar!**

Lees ook *Ibiza – De erfenis*

Dorien is een wereldberoemde fotograaf die de wereld rondvliegt voor opdrachten. Als ze in Nederland is, leidt ze een prettig leven met haar puberzoon Mick. Maar wanneer Mick voor een vakantie naar Ibiza wil, is Dorien direct tegen. Door tussenkomst van haar exman David laat ze hem met tegenzin gaan, maar als Mick meteen na aankomst verdwijnt weet Dorien dat het foute boel is.

Halsoverkop vliegt ze naar het eiland dat zij vijfendertig jaar eerder met haar moeder verliet. Daar wordt ze plotseling geconfronteerd met herinneringen aan een verleden dat ze nooit helemaal heeft afgesloten. Ze raakt verstrikt in een gevaarlijk spel waarbij niemand te vertrouwen is en Dorien en haar familie grote risico's lopen. Zal ze op tijd doorzien wat er op het eiland speelt?